ラグジュアリーな恋人

1

〝もういいって。俺、お前と一緒にいると、惨《みじ》めな気持ちになる。終わりにしよう〟

伊藤明日香《いとうあすか》が恋人からそんな言葉を告げられたのは、大学を出たばかりの春のことだった。

あれから三年半――明日香は〝もう、恋なんてしなくてもいい〟と思っていた。

仕事に恵まれ、仲間に恵まれ、女友達にも恵まれていた。

実際仕事は忙しいし、仲間や友達との付き合いで、一日一日があっという間に過ぎていく。

恋人という存在に心が潤《うるお》わされることがない代わりに、拘束されることもない。

特別意識しなければ、そのまま時間だけが過ぎていく。

結婚だって、まだまだ考えなくてもいい年だし――

「これより新郎新婦によるケーキ入刀を行います」

ただ、そうは思っても勤め先がシティホテルの宴会課。

明日香の主な仕事は、メインホールでの結婚披露宴の配膳や進行だった。

「カメラをお持ちの方は、どうぞ前へ」

土日、祝日を合わせて、少なくとも毎週四組から六組の披露宴に携わっている。

（このドレスも素敵）

人生で今が一番輝いているだろう新婦を見ると、やはり完全にスルーはできない。

恋人がほしいとは思わなくても、結婚披露宴だけはしてみたいという、ちぐはぐな願望だけが育っていく。

だが、そんなことを考えていた瞬間だった。

「それでは、ケーキ入刀です。新郎新婦にどうぞ大きな拍手を――!?」

ガシャン!! と、裏から料理かグラスか、とにかく何かを派手にひっくり返したような音がした。

それに場内で待機していたスタッフたちも驚いたのだろう。本来ならケーキ入刀を合図に、いっせいにコルクを抜かれるはずのシャンパンが、ポン、ポン――ポン、ポン!? と、不揃いな音を響かせる。

（うっそ～っ。この一番大事なときに）

しかも、「すみません！」という余計な悲鳴まで場内に響いて、これには来賓のみならず新郎新婦の意識までもが、場内からは見えない裏へ行ってしまった。

ケーキ入刀から乾杯までの披露宴冒頭の大きな見せ場が一気にシーンとなる。こうなると頼りは進行を預かる司会者によるアドリブトークだけだ。

（司会者っ、司会者っ、どうにかしなさいよっ。この空気！）

しかし、こんなときに限って、司会は新郎新婦の友人だった。

それも、初めての大役にドキドキしながら紙に書かれたことだけを忠実に読み上げていた状態だ。

（あ、終わった。いや、ここで終わらせるわけにはいかないわ。どうにかしなきゃ。リニューアルオープンしたばっかりだっていうのに、ネット上に酷評が駆け巡っちゃうもの）

明日香は、新郎側の両親卓の担当をしていたため、高砂《たかさご》からはもっとも遠い場所にいた。なので、まずは新郎の両親、親族に謝罪をしてから、急いで司会者のもとへ向かった。が、明日香がたどり着く前に、裏からはクラシックタキシードに身を包んだ男性が出てきた。

「大変失礼いたしました。当ホテル、エストパレ・東京ベイの副支配人を務めております、東宮《とうぐう》と申します。このたびは新郎新婦さまのご結婚に祝福を申し上げると同時に、ただいまの失礼を心よりお詫び申し上げます」

この大広間の責任者ではなく、おそらく偶然通りかかったか何かだろう、副支配人の東宮貴道《たかみち》だ。甘い美声に、芸能人も顔負けの端整なマスク。そして何より副支配人というポジションからは想像もできない若さに、場内の女性客がまず溜息を漏らした。

「本日の新婦様がとても美しいと聞いたスタッフの一人が動揺し、皆様には大変なご迷惑をおかけしてしまいました。本人も十分反省をしておりますが、この先また同じ失敗をしても困ります。つきましては、一度本人より謝罪をさせていただくとともに、彼が気になって仕方がないと申します新婦様を拝顔させていただければと思いますが、新郎様、お許しいただけますでしょうか」

しかも、突然何を言い出すのかと思えば、しらけたムードを今一度わかせるためのアドリブだ。

新婦を褒め、新郎に話をふることで、新郎新婦の友人たちの笑いを誘い、同時に主賓席の者たちの興味を誘って、この場の主役が誰なのかを明確にしていく。

「は、はい」

「心優しい新郎様、ありがとうございます。では、ご許可が出ましたので。さ、お詫《わ》びを」

そうして裏からミスを犯した――と、設定された社員が現れた。

「このたびは、本当に申し訳ありませんでした」

「これでもう、落ち着いた？」

「はいっ。すごく綺麗なお嫁さんです。裏で仕事、頑張ります！　本当に申し訳ありませんでした」

深々と一礼し、謝罪をしたのちに、東宮とのノリのいいやり取りで、場内をわかせる。

「それでは、改めて新郎新婦さまにケーキ入刀をお願いしたいと思います」

思いがけないハプニングではあったが、どうにか〝これも思い出のひとつ〟に変わりそうだ。

明日香もホッとし、今度は慌てて所定の位置に戻る。

（へー。なかなかやるじゃない、東宮副支配人。クールな顔のインテリだから、てっきり洒落《しゃれ》や冗談は口にしませんってタイプかと思ったのに、ちゃんと道化役もできるんだ）

会場では改めてケーキ入刀からやり直し。

明日香たち配膳のスタッフが、シャンパンを来賓のグラスに注いで回り、乾杯の音頭までを東宮が進行することで、どうにか披露宴の軌道修正ができた。

祝辞を述べた新郎側の主賓の機転、話術にも救われ、今回のハプニングは新郎新婦にとって初めての試練であり、人生の一部、それを乗り越えられたものとして上手くまとめられ、その後はラストまで何事もなく終えることができた。

ただ、これだけだったら、明日香も東宮という男に対して、特別な感情を持たなかった。

管理職のわりには使えるじゃん――

失礼な話だが、それぐらいの印象で終わっただろう。

だが、そこで終わらなかったのは披露宴の終了後、裏で起こった更なる一幕のためだった。

「はー。どうなることかと思ったけど、上手く収めてもらってよかったな」

「かえって盛り上がってたし、セーフって感じ⁉　むしろ俺のおかげで、一生忘れられない披露宴になったかもな」

実際失敗したのは、土日限定で入っている学生派遣員《スポット》で、場内に謝罪に出てきた社員ではなかった。

そこはまあ、嘘も方便だ、仕方がないにしても、明日香が思わずキレたのは、失態を犯した本人の無責任な発言だ。

「――なっ、あんたたちね」

この場で一発殴ってやるという気持ちになる。

「君、どこの配膳会社？」

しかし、憤《いきどお》る明日香より一歩早く声をかけたのは東宮だった。

特に憤慨している様子は見せないが、だからといって笑っているはずもない。

「あ、はい。大崎《おおさき》配膳です。さっきはすみませんでした」

さすがに副支配人に声をかけられ、当人も身体を二つに折った。

「そう。大崎配膳ね。なら、君はもう帰って。あと、今後大崎配膳から当ホテルへの派遣はいっさい受け付けないから、そのつもりで事務所の社長には謝罪でも言い訳でもして」

「え!?　それは、どういうことですか。俺が帰れって言われるのはわかりますけど、どうして会社まで」

さらりと告げられた言葉に、その学生スポットは真っ青になる。

だが、当人だけではない。これには明日香も、周りにいたスポットや社員も唖然《あぜん》とした。

「そんなこともわからない人間に、当ホテルの制服は着せられない。そして大崎配膳が、この程度の教育しかできない事務所だとわかった以上、怖くて契約は続けられない。それだけだよ」

しかし、周りがどんな反応を示そうと、東宮は淡々と説明するだけだった。

「っ、ちょっと待ってくださいよ。それってなんか、俺が全部悪いみたいじゃないですか。他の連中の分まで、俺のミスと一緒くたにして、この際処分ってされてる気がするんですけど」

ここまで言われても、まともな謝罪ができない。むしろ、保身に走る学生に対して、明日香もあきれて物が言えなくなった。

「なら、そう思っておけばいい。ただ、これだけは言っておく。ホテルにいらしたお客様にとっては、社員も君たちバイトもこのホテル・エストパレ・東京ベイの人間だ。決して社員だから、バイトだからという区別はしていないし、それによって評価を変えたりもしない。今日の失敗に対しても、批判はホテルが受けるし、責任を問われるのもホテルだ」

こんな自分の失敗を反省しないような学生相手に言ったところで、通じるかどうかはわからなかった。

しかし、東宮は淡々と説明を続けていた。

「そして、このホテルから見た場合、君は大崎配膳が送ってきた人間であって、当社が直接雇っているわけではない。つまり君の言動や働きそのものが大崎配膳の評価になるということだ。たとえ、君にその意識がなかったとしても、それは大崎配膳の教育が悪い。はじめに教えるべきことを教えていない。まったく心構えのなっていない者を送ってよこしたのだから、その責任は会社が負うべきだろう」

それは日々現場に立つ明日香も、口を酸っぱくして、言っていることだった。

理解する者もいれば、煙たがる者もいる。だが、心から理解して現場に立ってほしいから、明日香は何度も同じことを言い続けてきた。

自分もつい最近まで派遣《スポット》という立場だったので余計にだ。

派遣経験のない社員が言うと角が立つが、自分が言うにはまだ――ということもあって、ときには憎まれ役も進んで買ってきた。

が、それでも東宮ほどはっきり言えるかと聞かれれば、それはノーだった。

「そんなっ、そんなこと言ったら、ミスをした奴の会社は全部出入り禁止ですか？　だったらこの前、別の会社の奴だって！」

配膳事務所との契約は、宴会課の一存で決めているのではなく、その他の部署もかかわっていることだ。

スポット一人に対しての時給設定なども考慮しなければならないし、宴会課から「事務所を替えられないか」という打診はできても、決定はできない。

この場での即決など論外だ。

これは、東宮の立場だからできることだ。

「あのね、披露宴は当事者たちにとって、一生に一度のものなんだよ」

だが、ここまで説明されても心から謝罪をしない学生に、とうとう東宮の顔つきが変わった。

声色も語尾もきつくなり、学生も口を噤《つぐ》む。

「どんなに君たちや我々にとって日常的な仕事であり、イベントであったとしても、当事者にとっては、かけがえのない宴だ。また祝福に来た来賓にとっても、それは同じことなんだ」

だからといって、東宮の静かな説教は止むことがない。

「人が人であるかぎり、ミスをしないことはない。ときには社員だってミスをするし、私にしたってそれは同じだ。だが、そのことに対して、心から反省できない者、また、自分の犯したミスがどういうものなのか、そもそも理解しようとさえしていない者は論外だ。君は、お客様の大事な記念の場で、大きなミスを犯した。そこまでなら私も二度とないように注意をするだけだ。しかし、君はミスを犯した直後、謝罪しながら笑っていた。その上、先ほどの発言だ。たとえバイトであっても、仕事を仕事と思っていない人間に、当社は用がない。それだけだ」

それが彼のポリシーであり、サービス精神のあり方なのだろうが、明日香にはこの場を使って、東宮が全員に語りかけているようにも思えた。

今一度、自分の仕事が何であるか、考えてくれ。そして、見直してみてくれ——と。

「一度、自分と置き換えて考えてみることだね。今日の披露宴の新郎が、君や君の家族だった場合、失敗した君の言動をはたして許せるものなのか。まあ、君なら許せるのかもしれないが、当ホテルからすると、論外なのでね。じゃあ、もういいから帰って。ここから先の話は、大崎配膳とするから」

ここまで言われると、学生もそれ以上何も言えなくなり、肩を落として「わかりました」と言い、その場を去った。

「言った……。言い切っちゃったよ」

「え。でも、これって真面目にやってきた奴まで出入り禁止⁉」

しかし、これですべて良しなのかと言えば、そうではない。

その場にしゃがみ込んで泣き始めた大崎配膳の女子大生スポットたちを見て、明日香はこの場から去っていく東宮を追った。

「東宮副支配人、待ってください」

「何？　伊藤さん」

これまで直接話したことはほとんどないのに、きちんと名前を覚えられていたことに少し驚いた。

が、今はそれどころではない。

「東宮副支配人のおっしゃることはわかります。私もまったく同意見です。でも、大崎から来てる子の中には、リニューアル前から頑張っている子もいます。一生懸命、仕事をしてきた子たちも、少なくありません。このエストパレ・東京ベイにも愛着を持って勤めてくれてるんです。なので」

明日香は、現場で常にスポットと一緒に仕事をする立場だ。このまま何もしないわけにはいかなかった。

バイトとはいえ、懸命に勤めてきた子たちを見てきたのに、無視はできない。

しかし、東宮は笑って言った。

「だったら、そういう子たちには事務所を替えてきてもらえばいい」

「え」

「都内にはかなりの数の配膳事務所がある。うちに入っている事務所は他にもあるわけだから、そこに移って、引き続き来てもらえばいいんじゃない？」

「っ、でも……。そういう子たちは、所属事務所にも愛着があると思うんですけど……」

こうもあっさり言われると、明日香もどう返していいのかわからなくなる。

ただ、自分が泣き崩れた彼女たちの立場だったら？　という想像でしか答えられなかった。

「そこまでは責任を負いきれないよ。ただ、君の言う当社に愛着がある子たちが、今後もうちを派遣先にと希望してくれるなら、事務所を替わってもちゃんと受け入れるから。君もその人たちの話を聞いてあげて」

「……っ、でも」

いまいち納得ができない明日香に、東宮は再び険しい表情をし、そっと顔を近づけてきた。

周りには漏れないよう気を配り、明日香にのみ聞こえるように真意を明かす。

「これぐらいの対応をしなかったら、事務所側の怠慢が改善されることはない。十分育てていない人間を、数合わせで放り込んできていることぐらい、君ならわかるだろう」

（！）

それは、本当なら現場を預かる社員から出て、然《しか》るべき意見だった。

だが、実際は意見ではなく、愚痴で終わっている。

派遣元がまともに育てないなら、自分たちが育てるしかない。そう半ば諦めつつ、毎回一人は紛れ込んでくる初心者を教えている状態だ。

それほど人数を揃えることに苦労しているのだ。

猫の手でも借りたいときなら、数合わせとわかっていても受け入れるしかないのが現状だ。

それでも、裏で雑用係として使ってさえ、今日のようなことが起こるとなると、さすがに見て見ぬふりはしていられない。

「横暴だと罵倒《ばとう》しても構わないよ。それでも私は、お客様の立場になってサービスできない者を、サービスマンとは認めない。教育できていない者を平気で送ってくる事務所を、配膳人の派遣事務所とも認めない。君だって本当はそう思うだろう？　元・香山《かやま》配膳の伊藤明日香さん」

誰かが改善しなければ、真面目にやっている者たちが損をする。

それ以前に、お客様にも迷惑がかかる。

これは至高のサービスを提供するホテルとしては、断じて見逃せないことだ。

だからこそ、東宮は強硬な手段に出た。

そして明日香ならその考えを理解し、賛同してくれると思っているのだろう。

（東宮副支配人………）

言葉がうまく出なかった。けれど明日香は、東宮への賛同を、今後の仕事で示そうと思った。

まずは今回のことで、とばっちりを受けるだろう大崎配膳からのスポットの救済をし、そしてこれを機に「当社が必要とするサービスマンの基準はここなのだ」と明示して他の配膳事務所とも渡り合っていこうと。

「じゃあ、あとはよろしく。私はこれから総支配人に同行してもらって、謝罪に行かなきゃ。あれで済んだとは、さすがに思ってないからね」

そして、心からのサービスができるスタッフを育てることで、東宮が目指しているであろうこのホテルの宴会課の形、サービスの形を、現実のものにしていこうと思った。

（――結局、何を言ったところで、最後に責任を負うのは上の者。ホテルを代表しての謝罪となったら、彼や総支配人が頭を下げることになる）

ただ、この一騒動があったことで、その後の宴会課には、目に見える変化が起こった。

「東宮副支配人って、なんかカッコいいな。同じ男から見ても、一本筋が通ってるっていうか、なんていうか」

「うん。異性から見たら、なおさらよ。遠くから見ているだけでも十分カッコよかったけど、見かけだけじゃないところが、本当にいいわ。ね、そう思いません？　明日香さん」

それまであまり近しいとは言えなかった副支配人の東宮と、宴会課で働く者たちの距離をグッと近づけたのだ。

「そ、そうね。確かに、すごく立派な方ね。東宮副支配人って」

明日香にしても、自然と彼の仕事や彼自身を目で追うようになった。

（お客様の立場になってサービスできない者を、サービスマンとは認めない。教育できていない者を平気で送ってくる事務所を、配膳人の派遣事務所とも認めない。君だって本当はそう思うだろう？か……）

そして、人知れず胸をときめかせるようにもなった。

（まあ、立派すぎて、私には見てるだけがちょうどいいって感じだけどね）

それでも仕事もプライベートも充実していた明日香にとって、東宮は見ているだけで十分な存在だった。

むしろ見ているだけのほうが、心から楽しめる存在であったが――

2

爽やかな春風に乗って、桜の花びらが舞い散る四月のはじめ。

明日香は社会人となって丸四年が過ぎ、五回目の春を迎えていた。

「ふふん～」

朝の目覚めがいいというだけでも、機嫌が良くなる今日この頃。

新東京副都心・台場にあるホテル・エストパレ・東京ベイにも朝日が燦々《さんさん》と当たり、輝いて見える。

「ご機嫌ですね、明日香さん。何かいいことでもあったんですか」

よほど春めいたオーラでも出ていたのか、休憩室の自動販売機の前に立ったとたんに声がかかった。

相手は和室の宴会場専門で来ているスポットの凛子《りんこ》。

着物姿におかっぱ頭が、なんとも楚々《そそ》とした雰囲気を醸《かも》し出している現役女子大生。土日、祝日だけでなく平日の夜も来ている、スポットといえども、頼りになる存在だ。

「まあね。あったというよりは、これから起こるのかな」

明日香は気心の知れた凛子に、ちょっともったいぶって見せた。

「――え？　明日香さんが浮かれてる⁉　ってことは、今夜あたり岩谷《いわたに》課長の奢《おご》りで飲み会ですか？　だったら俺も連れていってくださいよ」

そう広くもない休憩室だけに、二人の会話を耳にした他のスポットも声をかけてきた。

「なにそれ。私が浮かれるのは、そんな時だって言いたいの？」

「あはははっ。言ってみただけですよ。でも、飲み会あるなら参加希望なんで」

お調子者でルックスの良い彼の名前は海斗《かいと》。

ホテルの制服は、どんな男子でも三割増しは良く見せるスタイリッシュなものだが、彼は本人のルックスがずば抜けていた。

長身な上にダンサー志望で常に身体を鍛えている。そのため、数多くいる男性スポットの中でも、海斗は群を抜いて目立つ。

そんな彼が「飲み会」と口にしたものだから、すっかり周りもその気だ。

おそらく今夜は仕事が終わったら、気の合う仲間でいつもの居酒屋に直行だろう。

「あ、そうか。今夜の大広間、那賀島《ながしま》建設のパーティーだ。さっき他の子も騒いでたけど、来賓の中に〝D〟がいるんでしたよね。確か、那賀島建設のCMソングに新曲が起用されてるとかで。明日香さん、それで浮かれてるんじゃないんですか？」

「〝D〟？　あの売れっ子ミュージシャンの!?」

「そう、その〝D〟！」

凛子が明日香のご機嫌な理由を言い当てると、どうしてか周りが騒ぎ出す。

〝D〟という、まるでイニシャルのような名は、最近人気の男性ミュージシャンのものだ。

どうでもいいじゃない、私の機嫌がいい理由なんて――

そう言いたいところだが、妙に盛り上がっていて、なんだか恥ずかしくなってくる。

理由が理由だけに、やっぱり大人げなかった？　と思えて。

「は？　凛子。どこかの素人スポットじゃあるまいし、国賓クラスの接客もしてきた明日香さんが、芸能人ごときに浮かれるはずないじゃないか。ねぇ、明日香さん？」

そう言われたら、昨夜から浮かれていた明日香は、ますます身の置き場がない。

「うっ……浮かれちゃ悪い？　ってか、海斗。何か私のこと誤解してない？」

買ったばかりの缶のコーラを手の中で転がし、ぼそっと言い返す。

まるで、恋の話をするかのように頬を赤らめた明日香に、海斗は「えー」と声を上げた。

休憩室内にいた二十人ほどがいっそうざわめき立つ。

「それ、マジですか。全然イメージが湧かないですよ。あの香山配膳出身で仕事バリバリの明日香さんが、芸能人に……、それもミュージシャン相手に浮かれるなんて」

真顔で言う海斗に、明日香はようやく皆が言いたいことを理解した。

「それとこれは関係ないでしょう。もちろん、仕事に支障は出さないけど……。ちらっと見て楽しむぐらい、私だってするわよ」

明日香はこのホテル、エストパレ・東京ベイのリニューアルオープンに合わせて半年前に正式に社員になったが、その前は海斗や凛子たちと同じスポットだった。

なので、彼らとはこうして名前で呼び合う仲だし、仕事が終われば食事や飲み会もする。社員の中では間違いなく一番スポットたちと仲がいいだろう。

ただ、それでも海斗や凛子たちは、明日香を常に立ててくれる。

それは明日香が年上だから、自分たちより経験が豊富だからということではなく、彼女が所属していたのが〝香山配膳〟という業界屈指の派遣会社だったからだ。

学生アルバイトや兼業の募集はいっさい行わない香山配膳は、この道のプロと呼ばれる配膳人だけが登録できる事務所だ。

その徹底したサービス精神と仕事ぶりには定評があり、依頼先は引く手あまたで、誰の目から見ても他の配膳事務所とはレベルが違う。

それこそ、ホテル業界で働いて何十年という者たちからさえ、「香山配膳に入るのは、一流ホテルの社員になるより難しい」「一流ホテルの社員であっても、香山配膳に転職できるとは限らない」と言われるほどの事務所だ。

だが、いくら明日香が大学卒業後、その香山配膳に三年半ほど在籍していたとはいえ、芸能人相手に浮かれるはずがないというのは、周囲の勝手な思い込みだ。

「なら、披露宴のサービスをしながら〝何度見ても飽きないわ〜〟とかって言ってるのも実は結婚願望の表れだったとか⁉」

ここぞとばかりにからかってくる海斗に、明日香は頬が引きつった。

そもそも私を〝普通の女〟として見てないんじゃ？　という疑惑さえ浮上する。

「それは結婚願望じゃなくて、結婚披露宴願望」

それならこの際とばかりに、明日香も主張した。

私だって一応、女よ。そりゃ現場に入ったら、男勝りかもしれないけど、ウエディングドレスに憧れぐらい持ってるわよ、と。

「結婚披露宴願望？」

「そう。相手がいなくたって、憧れるぐらいいいでしょう？」

「え？　明日香さんって、岩谷課長と付き合ってたんじゃ……」

しかし、話はますますおかしなほうに転がっていく。

「は⁉　私が岩谷課長と？　どうしたらそんなことになるわけ？」

突然持ち出された直属の上司、宴会課の課長である岩谷との交際話に明日香が驚く。

「馬鹿っ」

「だって」

凛子が舌打ちして海斗をなじった。

別棟にある和室に勤める凛子がこんな反応を示すということは、かなり広範囲にわたって広まっている話のようだ。

明日香は、これはただ驚いている場合ではないと直感した。

「やだ、はっきり言って。変に誤解されてると岩谷課長にも悪いし、士気にもかかわるわ。凛子もそう思ってたの？　それって、私がそういうふうに接してるように見えたってこと？」

この場には良くも悪くも人が揃っている。スポットも社員もいる。

ならば、ここではっきり誤解を解いておけば、噂は自然消滅するだろう。

そういう意図もあり、明日香はその場の全員に聞こえるような声で凛子に問いかけた。

「――いいえ、全然。私は、ありえないって思ってました。そもそも明日香さんは誰に対してもざっくばらんな対応をするし、男女の隔《へだ》てても上下の遠慮もなく接する人だから。ただ、香山を辞めてまでここに入ったってことで、もしかしたらって思った人がいるんじゃないかなって。ほら、ここに明日香さんを引っ張ったのが岩谷課長だって話があるから、そのせいだと思います」

またもや香山配膳出身というのが原因だったらしい。

こうなると香山配膳の評価が高いというより何か妄信めいたものを感じる。

「え!?　じゃあ、もし私を誘ったのが社長だったら、私は社長の恋人とか愛人とかってことになっちゃうわけ？」

「たぶん、そういう発想をする人もいるかも」

「すっごい。なんか、そういう噂話を聞くのって新鮮。へー、そうなんだ」

呆れも通り越して、ただおかしい。

「明日香さん」

嘘も隠し事もない明日香の態度に、海斗が力の抜けた声を漏らした。

「ほら、だから言ったじゃない。明日香さんはそんな理由で仕事を選ぶ人じゃないって。岩谷課長が土下座したとか、泣きついたとか、そうやって同情を誘ったんならまだ理解の範囲内だけど」

凛子にいたっては、香山配膳のブランド力より明日香自身への思い入れが強いのか、これはこれでどうかという台詞《せりふ》を公然と放つ。

「は？　俺がどうかしたか」

噂をすれば影とはよく言ったもので、当の岩谷本人が休憩室に現れた。

もともと休憩室の扉はフルオープン。今の話も廊下まで丸聞こえだっただろう。岩谷の問いかけがわざとらしい。

怒っている様子はないにしても、何をくだらない話をしているんだというニュアンスを含んでいる。

「いえ、なんでもありません。私、時間だ。戻らなきゃっ」

「あ、俺も。失礼しました」

これにはさすがに慌てたのか、凛子と海斗の二人が席を立った。

作り笑顔でその場をごまかすと、仕事にかこつけて去っていく。

「しょうがねぇな、あいつらも」

そう言いながら二人の後ろ姿を見送る岩谷は、三十代半ばの熱血型のホテルマン。

もともと体育会系の彼は、長身で体格もよく、黒服と呼ばれる礼服を着用するととても厳《いか》つく見える。

これで蝶ネクタイを外してサングラスをかけたら、要人に付き添うＳＰか、繁華街に出没する怖いお兄さんだ。

打ち解ければ頼りがいのある兄貴分だとわかるのだが、そこにいたるまでに時間がかかることから、管理職としては苦労が絶えない。

彼が明日香を社員に誘ったのも、そんな自分をフォローする人材がほしかったのが一番の理由らしい。

凛子の想像もあながち外れておらず、「頼む」を連呼したことは間違いない。

「それよりどうしたんですか？　休憩室に現れるなんて珍しいですね」

「あ、お前を捜してたんだよ」

「私ですか？」

そして、そんな岩谷が相手であっても、まったく物怖じしないから、明日香は周りから誤解を受ける。

明日香は特に大柄でもなければ、迫力ある美人でもない。

年相応のごく普通の女性――よりは、若干整っているだろう程度のルックス。だが、明日香は仕事に入ったとき、表情が大きく変わる。

今も話し相手が岩谷になったとたんに、目つきも口調もシャープなものになった。

数分前まで〝今日は好きな芸能人が来るのよね〞と浮かれていたことなど、誰も思い出せないほどだ。

「そう。今日の那賀島建設のパーティーだけど、オールウエーターになったんだ。だからその時間帯からラストまで、桜の間に回ってほしい」

その上、聞き捨てならないことを言われて、明日香の顔つきが更に変わった。

真剣を通り越して、明らかに険しくなっている。

「は？　オールウエーター。今時、どんな男尊女卑ですか、それは」

思い切り、何それ！　という彼女の返答ぶりに、休憩室が凍り付いた。

それもそのはずだ。那賀島建設といえば〝D〞が来るパーティー。

さっきまで滅多に見ることのないほど明日香が浮かれていたのを知っていた周りの人々は、「それはまずいですよ、課長！」と内心叫んでいた。

「男尊女卑って言うなよ」

「それってお客様の希望ですか？　だとしても、一番人手のいる大広間でオールウエーターをやるってことが、どういうことかわかってるんですよね？」

しかし、明日香が表情を変えた一番の理由は、会えると思っていた芸能人のことではなく岩谷が発した「オールウエーター」という言葉のほうだった。

オールウエーターは文字どおり、男性スタッフだけでサービスをするというスタイルで、ある種の最高レベルのサービスだった。

このエストパレ・東京ベイで言うなら、全員が黒服と呼ばれる黒のスーツに蝶ネクタイ着用で接客に当たる。つまり黒服を着られるレベルの各宴会部屋の責任者やサブクラスのサービスマンが、たった一つの部屋に集められて、サービスを提供するということだ。

あくまでも、人が足りないから今日だけスポットに黒のジャケットを着せてしまえ、などというふざけたことがなければだが。

「いや、それはその……」

とはいえ、本日これから行われるパーティーや披露宴の数を考えると、明日香はその〝ふざけた黒服スポット〟の可能性もなきにしもあらずだと思った。

各部屋の黒服をいっせいに大広間に連れていかれたら、残された部屋は誰が管理・進行するというのだ。

仮に、各部屋の黒服はそのままで、一般制服の中でもレベルの高い男子を大広間に集めて今日だけ黒服ということにしても、連れていかれたほうの部屋はお手上げだ。

この大穴を大広間から外された女子だけで埋めろというのだろうか？

外される女子のレベルはピンキリだというのに？

かといって、レベルの低い男子に黒服を着せて大広間に集め、「これがこのホテルの最高レベルのサービスだ」と言うつもりだとしたら許せない。明日香の目つきは悪くなる一方だった。

「岩谷課長。わかりきったことだと思いますけど、今日の宴会は大広間だけじゃないんですよ。そんなふざけたスタッフ配置をしたいなら、披露宴の少ない平日の仏滅にでもやってください。何を考えてるんですか。それともいい年して、エイプリルフールですか？　四月馬鹿ですか？　返答によっては、ただの馬鹿ですか？　って聞きますよ」

明日香は周りの目を気にすることなく、岩谷に噛みついた。

どんなに平静を装っても、「そんなサービス、冗談じゃない。ふざけないでよ」という怒りが言葉の端々からにじみ出る。

これでは、なんのためにリニューアル時に更なるサービスの向上、ゆくゆくは日本一を目標に掲げたのかわからない。

だいたい、それを口説き文句に、自分をここに引っ張り込んだのは、どこの誰なのか？

絶対に何があっても、香山にいればよかったとは言わせない、だから俺と一緒に宴会課を盛り上げてくれと言うから、ここへ来たのよ、私!!　と全身で訴える。

ここまで憤慨を露《あら》わにする明日香も珍しかった。

初めて見る者など、完全に固まってしまっている。

「まあまあ、そう怒らないで。これは上層部の決定だから。岩谷課長ばかりを責めないでやって」

すると背後から、岩谷を擁護する声が上がった。

相も変わらず、甘い声と口調。それらを裏切ることのない至高のルックス。その男は、このホテルの現場のナンバーツー、東宮だ。

振り返ると同時に、明日香の鼓動が高鳴った。

「東宮副支配人」

本来なら一社員を宥めるために休憩室まで入ってくることなど考えられない立場の者だが、東宮に関しては、いい意味で期待を裏切られる。

宴会課との交流も深いためか、ときおりこうして顔を出すのだ。

「オーナーサイドからの提案もあって、今後は和洋室ともに最高ランクのサービススタイルを目指して、こういう括《くく》りでのチーム作りもしてみようってことになったんだ。もちろん、他の部屋に支障が出ては困るから、場合によっては、デスクにかじりついているようなベテランも現場に引っ張り出す。私も現場に立つし、そういう配置配分でのオールウエーターだから」

彼の登場に、凍り付いていた室内の空気が、あっという間に穏やかで温かなものになっていく。

一部の女子の間では、ハートマークまで飛び散っている状態だ。目の輝きも変わっている。

それもそのはずだった。

東宮は今やこのホテルで、〝一番いい男〟の代名詞だ。

今年三十歳になる彼は、明日香が社員になる少し前に、ホテルのリニューアルに合わせて海外の一流ホテルから引き抜かれた超エリートのホテルマンだ。長身でハンサムで、言うまでもなく漆黒のクラシックタキシードと蝶ネクタイが似合っている。

女子社員・スポットが満面の笑みで「恋人にしたい」「寝てみたい」と掲げる男ナンバーワンだ。

ただし、「結婚したい男」になると五位ぐらいに落ちるのは、真に高嶺の花の証《あかし》だろう。

国内外の主要都市に支店を持つホテル・エストパレ・グループで、三十歳前に副支配人の席を用意されて引き抜かれてくること自体、異例だ。

恋人にするなら「素敵」の一言で済むが、夫にするとなったらそうはいかない。

憧れだけでは、妻の座は目指せない。

そんな現実を踏まえた女性が多いということなのだろう。

それにしたって溜息が出そうなほどスマートでハンサムだ。

一瞬前まで激怒していた明日香の口さえ塞ぐのだから、大したものだ。

これはもう、持って生まれた武器だ。

「なら、いいですけど」

他の部屋に支障が出ないとわかれば、これ以上怒る必要もない。

それに、東宮に憧れているのは、明日香も他の女性たちと変わらない。

特別に好かれてどうこうしたいという希望はないにしても、無駄に我を張り続けて嫌われてしまうのは避けたい相手だ。

それに東宮ほどのいい男ならば、それだけで出社する楽しみと活力をくれるし、彼の立場を考えれば、こうして気軽に声をかけてくれるだけでも、ありがたいこと。

攻めるときには攻めるが、引くべきときはきちんと引くのが明日香だ。

「わかってもらえて嬉しいよ。どのお客様に対しても最高のサービスを。このモットーが揺らぐことはないから、そこは信用して」

ただ、惹かれ始めて約半年。

明日香の中でいまだに憧れだけでとどまっているのは、やはり彼の隣にふさわしい女性は、極端に幅が狭いと思わせるからだろう。

特別綺麗か可愛いか。そう、ほどほどに綺麗とか可愛いでは駄目なのだ。

しかも、教養や品も必要だろう。東宮貴道の恋人は、きっとどこかのセレブに違いない。

それこそ、当ホテル自慢の一泊八十万円のラグジュアリー・スイートに、お姫様抱っこで運ばれても不自然じゃない――そんな女性だろう。

「はい。わかりました」

それでも同じ世界で働けて、そして同じ高みを目指せる。

明日香にとって、ここでの同志、戦友というなら、昔から馴染みのある岩谷だ。

しかし、ついていきたい司令官となったら、彼、東宮貴道だ。

それほど半年前に起こった〝大崎配膳の出入り禁止による配膳事務所側への一喝〟は、明日香にとって衝撃的だった。

あれは他の配膳事務所はもちろん、他のホテルの宴会課にも多大な影響を与えた。

あれから数合わせで放り込まれてくるスポットは、確実に減っている。

逆に、自社の登録員にしっかりとした教育を施し、売り込みに来る事務所が増えたため、どこのホテルの宴会課でも、胸をなで下ろしている。

今ではエストパレ・東京ベイの功績とも言われ、他社からも感謝されるほどだ。

「あ、でも東宮副支配人。今のお話からすると、今後作られていくだろう洋室の最高チームから女性は外されるってことですよね？　ここには女性であっても男性に劣ることのないサービスを提供できる人がたくさんいるのに、性別だけでそのチームからは外されるってことですか？」

だが、だからこそ明日香はあえてこんな質問も投げかけた。

もしかしたら、今度こそ嫌がられるかもしれないという不安はあったが、それでも言わないわけにはいかない。

なぜなら、ここには本当に力のある女性社員がたくさんいた。

スポットも、実力のある者が選ばれ、派遣されてきている。

中でも先ほど休憩室を出ていった凛子は、大学卒業後には香山配膳に入りたいと切望し、学生バイトながら和室スポットたちの中心として活躍している。

ここでの仕事で実績を作ろうとしているのだろう。明日香のたどったパターンとよく似ていることから、何かと話も合うし、相談にも乗ってきた。

仕事熱心で、向上心もあるだけに、性別だけで最高のチーム作りから除外されることが、どうしても納得ができなかった。

明日香の問いかけに、その場にいた女性たちも、固唾《かたず》を呑んで東宮の答えを待っている。

「いや、そういうことではないよ。実力は実力で、ちゃんと平等に評価する。ただ、和室でおこなっている接客はすべて女性スタッフだ。だから、洋室に男性スタッフのみの接客体制があってもいいだろうっていう、まあ〝こういう形も作って試してみようか〟程度の試みだから」

あからさまに「それって男尊女卑ですか」と問われて、東宮も少し苦笑している。

「もちろん、オールウエーターって表現になると、それだけで重さがあるからね。その呼び名に恥じないレベルのスタッフを育成するためには、やはり伊藤さんのように実力ある女性たちの協力が不可欠だから、率先して指導にあたってもらうことになるけど」

もらった返事に、これ以上の異論はなかったが、明日香は心から喜べなかった。

性格だから仕方ないとはいえ、この半年間を振り返ると、明日香が東宮と話をするときは、いつもこんな内容だ。

嫌われていても不思議じゃない。そう思ってしまう。

「エストパレ・東京ベイが目指すものは、決してAやSランクではない。やはりその上にある香山レベルと呼ばれる域だから。これで理解してもらえた？」

「はい」

つい強く向けてしまった視線を、いまからでも逸《そ》らしたくなってきた。が、さすがにそれは失礼すぎる。

明日香は返事をすると同時に、頭を下げることで、自分の目線を足元に逃がした。

「よかった。拗《す》ねられたらどうしようかと思った」

「いえ、仕事ですから、それはありません」

東宮の顔を見ずに返事をしたものだから、ますます対応が素っ気なく見えてしまう。

「相変わらず手厳しいな――まあ、そこが頼もしくて好きなんだけどね」

「っ！」

明日香が思いがけない彼の言葉に驚き、顔を上げたときには、東宮は手を振りながら休憩室を去っていくところだった。

「伊藤。突っかかるなら俺にしとけよ。どんなに若くて取っつきやすくても相手は副支配人だぞ」

東宮は途中で声を落としていたので、周りには「相変わらず手厳しい」というくだりまでしか聞こえなかったのだろう。岩谷など、すっかり青ざめている。

「すみませんでした」

周りの反応も岩谷と大差ないことから、明日香は「空耳だったのだろうか？」と首を傾げた。

それとも「好き」という言葉は嫌味としてあえて使っただけで、実際には「その男勝りをどうにかしろ。可愛げがない女は嫌いだ」と言い含められたのだろうか？

この状況から判断するなら、後者の可能性が大だ。

「怒るなって」

「怒ってません。落ち込んでるんですよ」

明日香にとっては踏んだり蹴ったりだった。

つい先ほどまで、浮かれていたことが嘘のようだ。

「は？　落ち込む？」

「それより桜の間って、制服はともかく和装の備品はどうなってるんですか？　それってフルセットで借りられるんですか？」

とはいえ、仕事は仕事だ。気持ちを切り替えなければ、粗相に繋がる。

東宮に「仕事ですから」と口にしたのに、立ち直れないまま現場に入るなど、明日香にはできない。

他人に有言実行を求めるなら、まずは自分も。それが明日香のモットーだ。

「必要なものは揃ってるはずだけど」

「わかりました。では、準備があるのでお先に失礼します。あ、これ少し温《ぬる》くなってますけど、どうぞ」

心を切り替え、明日香は仕事の準備に向かった。

「あ、伊藤！」

わけもわからず、温《ぬる》くなったコーラをもらってしまった岩谷は戸惑うばかりだ。だが、ここでのやり取りが〝二人の恋人説〟を根底から覆《くつがえ》したことは間違いなかった。

「あーあ。よっぽど好きなんだな」

「ん。あんなにテンション下がった明日香さん、見たことないもの」

やり取りを見ていた者たちから見ると、岩谷は論外に思えた。

しかも、全女子社員の憧れの的と言っても過言ではない東宮にさえ、あの調子、あの態度だ。

こうなると、明日香の優先順位のトップ争いは〝D〟と仕事だ。

これでは明日香に、当分浮いた話はないだろう。そう、誰もが確信したほどだ。

「誰が誰を好きだって？」

「課長のことじゃないのは確かです」

「なんだよそれ」

もっとも、一番会話の多そうな相手が岩谷だけに、今後もこの手の噂は尽きないだろう。

明日香の機嫌が更に悪くなりそうだ。

これぱかりはどうしようもないと、その場にいた者たちにはわかっていたが——

＊＊＊

一階にある休憩室をあとにすると、明日香は従業員専用の通路を猛進し、地下一階のクリーニングルームへ移動した。

ここではホテル内、全二百五十室で使われているリネン関係、宿泊客からの預かり品、従業員の制服一式、クロスや小物にいたるすべてのものが扱われている。

それこそ、いつ宿泊客から急ぎのクリーニングが出されるとも限らないため、二十四時間フル稼働の、ホテル内でも特にハードな現場のひとつだ。

「すみません。和室の応援に行くんで、着物一式お願いします」

明日香が出入り口で声をかけると、すぐに中から「はい、どうぞ」と、着物制服一式を手にした男性スタッフが現れた。

洋服と違って着物にはサイズがないので、選ぶ手間もなくすんなりと出されたようだ。

「これだけですか？」

しかし、手渡された一式を確認した明日香は、困惑しながら問いかけた。

どう考えても、足りないものがいくつかあるのだ。

「そうですよ。草履はそこの棚にあるので、サイズの合うものをご自分で選んで、貸し出し帳に記入してください。それ以外に必要なものは自前ってことになっているので」

「……っ、わかりました」

明日香の言うフルセットと、岩谷が思っているフルセットでは内容が違っていたらしい。

和室を担当したことがないから洋室の制服と同じように考えていたのだろうが、それでは困る。

自分が「行け」と命じる限りは、必要最低限の情報は持っていてほしい。

そもそも〝制服が着られない〟となったら、仕事にならないではないか。

(何がフルセットで借りられるよ。借りられるのは着物だけで小物類は全然ないじゃない。応援に行くのは構わないけど、さすがに和室に関しては事前に言ってもらわないと困るって、きつく言っとかなきゃ)

明日香は落ち込みから一転、静かに憤慨し始めた。

やっとの思いで気持ちを切り替えたのに、これでは意味がない。

だが、ここでごねたところで、無いものはない。

このホテルでは和室での接客をしたことがなかっただけに、自分も知識が不足していた。

こんなことなら凛子に聞いておけば良かったと、そこまで思い至らなかった自分自身も腹立たしい。

（しょうがない。あそこに縋《すが》ろう）

仕方なく着物を抱え、草履を選んで手にすると、明日香はそのままエレベーターに乗り込み五階まで上がった。

この階には、記念撮影用のスタジオや美容室が入っている。苦肉の策だが、美容室を訪ねたのだ。

「すみません」

「あら、どうしたんですか？　明日香さん」

すでに美容室の中には、これから式を挙げる花嫁が五人ほどいた。

それぞれに担当者が付き、洋装、和装に合わせたセットをしている最中だったが、それでも比較的空《す》いていたことから、「この忙しいときに何の用？」という顔はされなかった。

これだけでも幸運だ。

「実は――」

申し訳なく思いながら説明すると、明日香は着付けに必要な小物類を借りることができた。

着替えもこの場でさせてもらい、髪型も作らせてもらう。

普段は後ろで一つに編み込んでいる長い黒髪も、和装に合わせて夜会巻きに変えると、それを見ていたスタッフが漆塗りの簪《かんざし》までくれた。

そうして、仕上げにリップグロスを塗り直したら準備完了だ。

「わあ、がらりとイメチェンですね。明日香さん、和服がすごく似合います」

「本当ですか？　嬉しい。なら、今日の仕事も頑張っちゃお」

「明日香さんったら」

「あ、でも本当にすみませんでした。あれこれお借りしたもの、終わったらすぐに返しに来ますから」

「そこは気にしないでいいですよ。こっちはいつでも大丈夫ですから、まずは粗相のないようにいってらっしゃい」

「はい。ありがとうございました」

いい具合にテンションを上げてもらうと、明日香は美容室にお礼を言って、着替えた洋服や靴をしまうため、いったんロッカー室へ戻った。

その後、今日一日働くこととなった和室宴会場へ向かう途中、大広間の裏で少しばかり後ろ髪を引かれて足を止めた。

中を覗くと、華やかな装飾が施されたパーティー会場のステージ上には、〝那賀島建設創立五十周年記念祝賀会〟の看板が掲げられていた。

主催者である那賀島建設の二代目、那賀島圭祐《けいすけ》は、まだ三十代半ばの男性だが、かなり知名度のある若社長だ。

バブル崩壊で傾きかけた会社を立て直し、その上投資事業や開発事業でも大成功を収めて、今ではこのエストパレ・東京ベイの大株主の一人だ。

そんな縁もあって、このホテルの宴会場やレストランをよく利用する。

しかも、独身貴族を謳歌《おうか》しているのか、現在の住まいはこのホテルのスイートルーム。

それもエグゼクティブフロアに設けられた一室を月極《つきぎめ》で借りているほどだ。

（そういえば、今日のオールウエーターはオーナーサイドからの要望もうんぬんって言ってたから、那賀島社長の意見が反映されてたのかも。ものすごく商才も運も持っている人だから、上層部も言われるまま、ではやってみましょうって感じだったのかな？）

明日香は、会場を眺めながら、今日の経緯を自分なりに分析してみた。

（那賀島社長に気に入られて、〝D〟の曲もＣＭに採用、メガヒットに繋がったし。商才のある人って、結局何をさせても成功するのかな……、と！）

フロアの中で忙しく動き回る東宮を見つけた。

（東宮副支配人。スタンバイから手伝いに来てるんだ）

立食パーティーなら千名、十人掛けを基本とする丸卓を置いた場合でも七百名は収容可能な大広間の中には、同じぐらいの年齢の黒服男性が何十名もいた。

だが、その中にあっても、東宮は決して埋もれることがない。ルックスだけではなく、行動や仕草そのものがスマートだった。

年の頃からすれば、本来はまだ中間管理職。岩谷と同じぐらいの立場が普通だろう。だが、明日香の目には二人が同じように見えたことは一度もない。

やはり東宮は上に立つ者であり、並々ならぬ存在感を持っているのだ。

絢爛豪華《けんらんごうか》な装飾が施された大広間にいてさえ、輝いて見える。

陣頭指揮を執っているのは岩谷だが、そんな彼を目線ひとつ、相づちひとつで動かしているのは、やはり東宮に他ならない。

人を動かす間や勘の良さは、天性のものだろうか？

それとも努力で身につけたもの？

明日香は、こんなところでもまた感心してしまった。

やはり東宮は、安心して付いていける上司だ。

このホテルが今後、彼の手腕でどう成長していくのか、楽しみで仕方がない。

自分がどれほど貢献できるかはわからないが、彼の目指すサービスを一緒に目指したい。

少しでも助けになれればという思いが、明日香の仕事意欲の源になっている。

もっとも、それだけにオールウエーターという言葉に噛みついたのだが。

（今日は黒服が足りないから、自分も現場に出るって言ってたし、それでスタンバイから入って——あ、目が合っちゃった）

ジロジロ見ていたつもりはないが、視線を感じたのか、ふいに東宮が振り返った。

（あれ？　変な顔されちゃった。さっきのこと、やっぱり怒ってるのかな）

明日香は一応会釈《えしゃく》をしたが、東宮は怪訝《けげん》そうに首を傾げるばかりだ。

（げっ、来た）

しかも、何を思ったのか、仕事の手を止め、こちらへ足早に歩み寄ってくる。

「あ、やっぱり伊藤さんか。びっくりした。別人かと思ったよ。これから和室？」

どうやら普段と違う明日香の装いに驚き、確認しに来たらしい。

この分だと、つい先ほど噛みついたことは、根に持っていないようだ。

東宮の顔には、いつも以上に笑みが浮かんでいる。

「はい。今日はオールウエーターになったので、向こうに回ることに」

「あ、そうだったね。いつも無茶ばかりでごめん。そのうち、この埋め合わせはするから、許して」

まだ、嫌われてはいなかった。

それがわかって、明日香は心から安堵した。

「それにしても和装か……、いいね。意外だったな、伊藤さんにこんな一面があったなんて。とくにこれ、漆塗りの簪《かんざし》なんて、普段から持ち歩いてるの？」

それどころか、何が起こっているのだろうか？　東宮は明日香の和装をべた褒めすると、利き手をスッと頬のほうまで翳《かざ》してきた。

実際触れはしないが、耳の後ろあたりに差してあった簪を見ながら、感心してみせる。

「いえ、これは美容室でもらったんです。少しぐらい飾り気があったほうがいいって言われて」

明日香の鼓動は一瞬にして高鳴った。

今にも爆発しそうだと言っても過言ではないほど、ドキドキしている。

「そう。よく似合ってるよ。綺麗だ」

それは私ですか、簪ですか？

どちらにしても、予期せぬ褒め殺しはずるいです。

そう言って、泣きたくなる。

「あ、ありがとうございます」

グロスで彩られた唇が、自然と震えた。

大広間からは、東宮を探す声が響いている。

「――おっと、行かなきゃ。じゃあ和室のほう、よろしく頼むね」

「はい」

東宮はすぐに大広間の中へ戻っていった。

(はぁ……。びっくりした。東宮副支配人の彼女って、きっとああいうのを平気で聞き流せる人なんだろうな。綺麗だ――か。そんな言葉、箸使いとかサービスのときの所作でしか、言われたことないわ)

明日香は高鳴る鼓動を静めようと必死になりながら後ろ姿を見送り、そしてその場を離れる。

(それにしても、いいな～大広間。いろんな意味で今日だけは外されたくなかった。〝D〟も傍で見たかったけど、こうなると東宮副支配人のサービスが見たい。裏仕事でもいいから、そのままにしといてほしかったな)

説明はされたし頭では理解したが、やはり自分が〝女だから〟という理由で他へ回されたことが腑《ふ》に落ちない。

各部屋のバランスを取るために、その日その日に配置変更があるのは当然のこと。

それは誰よりわかっているのだが、そのために〝D〟を見られなくなったのは仕方ないにしても、東宮の仕事が見られないのはなぜか悔しかったのだ。

（オールウエーターか）

女だから一緒に仕事ができない――どうしてか、そう言われているように思えて。

（ま。これぱかりはしょうがないか。仕事、仕事！）

それでも、明日香は気持ちを切り替え、和室がある別棟へ向かった。

そもそもホテル・エストパレ・東京ベイは、ホテルを中心とした三十階建てのタワービルと、テナントも入っている十階建てのサブビルの二棟からなっている。

メインのタワービルでは東京湾を望むオーシャンビューとなっており、主に洋式のサービスが、そしてサブビルでは四季折々の彩りが楽しめる日本庭園を売りにしており、和式にこだわったサービスが提供されていた。中でも一階部分に造られているメインの和室宴会場は、タワービルの大広間には及ばないものの、一卓八人セットで五十から六十卓を置くことができ、余裕で五百名近くが収容できる広さがあった。

畳敷きで示すならば約二百畳。襖《ふすま》で仕切れば二間、四間と分けられ、大小様々な宴会が行えるようになっている。

また、雪見障子越しに四季折々の庭園を楽しめ、わびさびを感じることが叶う、このホテルの自慢のひとつでもある。

だが、これはメインタワーの宴会場や他のホテルにも共通していることだが、平日は残念ながら、使用頻度が少ない。

明日香が応援に来たこの和室で、リニューアル前まで一番需要があったのは法要関係だった。

冬の時期は忘年会や新年会に利用されることも多いが、春先から秋口の土日・祝日に関しては、圧倒的に法要後の食事会で使われることが多く、平日はあまり使われない。

この平日の使用度が低さから、必要な時に必要な分だけスポットが導入されるというシステムがホテル業界に根付いた。

配膳事務所の登録員で、圧倒的にアルバイトが多いのは、こういった背景もあってのことだ。よほどでなければ、専門になっても、継続した勤め先がない。

三百六十五日引く手あまたなのは、香山配膳の登録員ぐらいなもので、一見華やかに見えるホテル業界も実情はこんなものだ。

配膳事務所からのスポットなしでは、宴会課は成り立たない。

東宮がおこなった大崎配膳への処罰が他社からまで評価されたというのは、背水の陣で下した決断だったことが、どのホテルのスタッフも痛いほどわかったからだ。

「失礼しまーす。応援に来ました」

「え？　明日香さん。どうしたんですか、そのカッコ。綺麗！　素敵!!　でも大広間は？　〝D〟はどうしちゃったんですか？」

「今日の大広間は、オールウエーターになったんですって。だから私はラストまでここの応援。よろしくね、凛子」

「本当ですか！　今日は欠勤が多いんで、誰か応援に来るとは聞いてましたけど、まさか明日香さんが来てくれるなんて。せっかく〝D〟に会えるって楽しみにしていた明日香さんには申し訳ないですけど、むちゃくちゃ嬉しいです。しかも、こんなに着物映えする明日香さんまで見られたし」

「それ、本心？」

「本心ですよ。リニューアルを機に、私は和室の専門になっちゃったんで、もう二度と明日香さんと一緒に仕事ができないのかなって思ってたんです。海斗や他の子たちからは、〝今日は一緒だった〟とか自慢されるし……、すっごく悔しかったんですから～」

「ありがとう。そう言ってもらえると嬉しいわ。うん。本当に嬉しい」

エストパレ・東京ベイは、リニューアルオープンをするにあたってこの和室を大改装、厳《おごそ》かな中にも雅《みやび》やかな雰囲気を強調して造り直したことで、今日のように披露宴でも使われることも増えた。

平日にも低価格でランチセットを導入した〝貸部屋プラン〟などを新たに増やしたことで、以前に比べて三割は使用率が高まり、実益も上げている。

だが、使用頻度が増えることによって、問題が生じていることも確かだった。

それは、スポットの中に凛子ほど着物で自由に仕事ができる若手がなかなかおらず、自然と年配の女性が多くなることだ。それ自体は問題ではない。が、この年配層を使いこなすのが難しく、若手の社員たちの悩みの種になっている。

そうでなくとも宴会課は肉体労働。和室の配膳にいたっては着物で動き回らなければならないことから、洋室以上に体力を使う。

また、和装で動けるベテラン社員になると、宴会課よりは個人接客が主な和食処での需要が高く、大部分がそちらへ回されてしまう。

そのため、なるべく若手社員を鍛え上げてものにするというのが、上の方針だ。

「それにしても、さすがですね。普段から和装に必要な小物まで常備してるなんて。さすが、明日香さんです。ますます尊敬しちゃいます」

「まさか。いくらなんでも、そこまでは用意してないわよ。いきなり言われたから、慌てて美容室に借りに行ったんだから。本当、せめて前日に言ってほしいわ。だいたい、今時誰が、普段使いのバッグに、足袋《たび》だの着付け小物なんか入れてるのよ」

「でも、それで借りられちゃうところが明日香さんの顔の広さですよ。着付けや髪も美容室でやってもらったんですか？」

「ううん。それは道具だけ借りて自分で。あ、この簪《かんざし》は店長さんからのご厚意だけどね」

「は～。やっぱり香山はすごいですね。うちの事務所なんか、着付けできる人極貧ですよ。それこそ、介添えさんで登録してる人ぐらいじゃないかな？」

「そもそも、着物の需要が極貧だもの。仕方ないわよ」

今日の応援人員は和食処のベテラン社員が来ると思っていたのだろう、予想外の明日香の登場に凛子ははしゃいでいる。

レストランサービスと宴会課のサービスは、根本が違う。

どんなに着物で自由に動けるベテランであっても、宴会の流れを熟知していなければ、進行役には回れない。

そうなると、この場にいる若手の社員たちがベテランスポットだけではなく、ベテラン社員まで使わなければならないことになる。が、これがうまく行ったためしがない。

些細《ささい》なことではあっても、毎回何かしら空気がよどむようなやり取りが起こるのだ。

いったい何が気に入らないのかわからないが、これぱかりは、相性が悪いとしかいいようがない。

それだけに、凛子にとって明日香の登場は、神の降臨にも思えた。

どんなベテラン社員が回ってくるより、心強い。

なぜなら、社員だろうがスポットだろうが、ベテランになればなるほど香山配膳の実力を知っている。

明日香の仕事に文句を言う者がいないのだから、本日の平和は保証されたようなものだったのだ。

「それより今日の和室って何発入ってるの？　一応進行表って見てもいいのかな？」

「今日は全部で三発です。あ、進行表を探してきますね」

しかも、こんなに急で無茶な応援要請にも難なく応える明日香を見て、凛子はますますテンションが上がったようだった。

それが伝わってくると、明日香も四の五の言っていられない。これは精いっぱい頑張らなくてはという気持ちになってくる。

これが、相乗効果というものだ。

「おう。誰かと思ったら、伊藤か。なんだ、馬子にも衣装だな」

すると、そこへ進行表を手に、和室の責任者である宴会部の部長、瀬川《せがわ》が現れた。

った。

「言葉そのままだ。それよりほら、進行表。今日は昼からの一発目が一間。終わり次第、続けて二発目、三発目は二間に分けて三十分ずれのスタートの計三発だ」

四十代後半の成熟した男である瀬川は、常に髪をオールバックにしているのがトレードマークだった。

また、こだわり抜いて仕立てられただろうダブルの黒服姿は、若手たちはもちろん、東宮や岩谷とも違った貫禄があって、とてもダンディだ。

瀬川の存在そのものにも重みがあり、和室の持つ厳格さにピタリと当てはまる。

年配の女性から、若手の男女にまでファンが多いと評判のナイスミドルだ。

明日香も上司として、また一人のサービスマンとして慕っている。

「じゃあ、一発目が押したらきついですね」

明日香は受け取った進行表に目を通した。

ざっとこれからの流れを見て、注意すべき点を確認する。

「ああ。だから、今日の進行は伊藤がやってくれるとありがたい。実はそれを期待して呼んだんだ」

「私がですか？」

「そう。俺は急に要請を受けて、これから大広間へ行かなきゃならない。なのに、こんなときにかぎって、和室担当の社員が欠勤してるんだ。進行の流れは洋室でやる和食メインの披露宴と変わらないから、お前ならいけるだろう」

「いけるだろうって言われても、部屋持ちの黒服が全員いないってわけじゃないですよね？」

初めて応援に来た部屋で進行役をしろ、自分の代わりをしろというのだから、これには明日香も反論した。

「ああ。一応一人、吉川《よしかわ》がいる。けど、まだ任せられる感じじゃないんだ。研修明けたばかりで、そう場数も踏んでないし、これっていうハプニングに見舞われた経験がないから不安で。だから、この際お前に吉川を上手く操ってもらって、今日なんとかをやり過ごそうかと思って」

「それって、どんな無茶ぶりですか。今日は無茶の大サービスデーですか？」

「香山出身者への熱い期待と信頼だ」

瀬川の言わんとすることは、明日香にも理解できた。

だが、だからといって、ここで気軽に了解はできなかった。

このエストパレ・東京ベイには、大小・洋和室合わせて二十ほどの宴会場がある。

そこにはすべて〝部屋持ち〟と呼ばれる、その部屋専属の担当社員が一人から三人はいる。

この担当社員が主に黒服着用の男性社員たちであり、その部屋の進行を一手に預かり、責任を負う立場の者たちだ。

たとえ経験が自分より少なくても、相手の立場は守るのが明日香の礼義であり流儀。

それが責任を負う者への敬意の証《あかし》であり、また部屋の中での指揮系統を乱さないためのルールだと思っているからだ。

「香山は便利屋じゃありません。それに私はもうエストパレ・東京ベイの人間です」

「そう言うなって。あとでドリンクの差し入れぐらいするから。な！」

そんな明日香の性格をわかっていながら、堂々と買収しようというのだから、瀬川もかなりせっぱつまっているのだろう。

何せ、ミスが出てからでは遅いのだ。

一番重視しなければならないのは、お客様に迷惑をかけない進行だ。

従業員の立場やプライドは二の次だ。

この優先順位を守るのならば、瀬川の選択は責任者として当然なのだから。

ただ、彼は明日香の言う〝現場の者を立てる〟必要性も十分理解しているから、要求が多くなる。

だから若手の黒服を上手く動かして、水面下で進行を誘導してくれという無茶ぶりになる。

「わかりました。そのかわり備品の補充をお願いします」

結局折れたのは明日香。が、ただでは折れないのも明日香だった。

「備品の補充？」

「和室の制服に必要な小物類です。ちょっとしたものだから自前で揃えろって言われても仕方ないんですけど、前触れもなく呼ばれたらお手上げです。今日だっていきなり行けって言われたから、美容室で借りてきたんですよ」

明日香は着物の袖を振りながら、ここぞとばかりにぼやいてみせた。

そもそも今日の配置変更が岩谷の差し金ではなく、瀬川の要望だったのなら、この件を理解しておいてほしい相手は瀬川に代わる。

「女子の制服はフルセットで貸し出しじゃなかったのか？」

するど、岩谷とまったく同じ思い込みをしていたのか、瀬川は驚いた顔をしている。

「一応そういうことになってますけど、足袋《たび》は自前です。あと、着崩れしないように使う小物類が数点あるんです。ピンチとか伊達締《だてじ》めとか着物ベルトとか。安いものならワンセットで千円もかからないし、ここの和室専用にいくつか用意しておいてもらえたらなと思って」

「そうか。なら、悪いけど買っといてくれるか。事務所を通すと、ものが揃うまでに時間がかかる。それって早いほうがいいんだろう？」

すぐに明日香の言い分を理解すると、スーツの内ポケットから財布を取り出した。

「はい。ここの担当者には、自分で準備したものがあると思いますけど、破損したり、うっかり忘れたりはあると思うので。もちろん、私みたいに急に飛ばされてくる者には、大変ありがたい品ばかりです」

「なら、これで。足りるか？」

申し訳なさそうに出された一万円札を両手で受け取り、明日香も恐縮して頭を下げる。

「十分です。ありがとうございます。とりあえずお預かりして、近日中には買ってきます。ちゃんと領収証ももらってきますので。あ、わがまま言ってすみませんでした」

どさくさに紛れて〝高いドリンク代〟を要求した自覚はあった。

瀬川の性格からすれば、これを経費で請求するとは思えなかった。これが自腹になるのは、ほぼ確定だ。

「いいって、いいって。本当なら俺が気付いていなきゃいけなかったことだし、かえって助かったよ。やっぱり伊藤は気が利くよな。馬子にも衣装だし、いっそこのまま和室に異動してこないか？　大広間より待遇も良くしてやるぞ」

それでも笑って済ませるどころか、自己反省までしてしまうのが、瀬川という男だった。

自身の立場にこだわることのない、この潔さが上司として慕われ、また頼られる要因だ。

「そういって、専属の便利屋に仕立てようとして」

「ははははは。バレたか。まあ、冗談は抜きにして、あとは頼むな。大広間の一本を終えたら戻ってくるから。それまで吉川のフォロー込みで進めといてくれ」

「はい。わかりました。行ってらっしゃい」

瀬川は、進行表の受け渡しのみで引き継ぎを終わらせると、そのまま大広間に向かって姿を消した。

「鶴の一声どころか神の一声ですね。さすが明日香さん。瀬川部長があんなに簡単に身銭切るなんてビックリ。しかも、いとも簡単に部屋を預けていくし」

一部始終を近くで見ていた凛子が、思わず感心の声を上げる。

「あら、瀬川部長って、もともとああいう人よ。それより和室って、一番多く入る時で何人ぐらいスタッフがいるの？　二間に割っても五、六十人ぐらいかな？」

「はい。裏を合わせてもそれぐらいです」

「そう。なら、小物は五セットもあればいいわね。あ、凛子。襟《えり》が曲がってるわよ」

「すみません。ありがとうございます」

今も、まったく別の話をしながら、凛子の襟足の歪みに気付いた明日香に、凛子は感心していた。目が行き届くとは、まさにこのことだ。

「どういたしまして。じゃあ、スタンバイにかかろうか。大広間が終わってからってことは、瀬川部長が戻ってくるのは三本目の途中よ。今日はほとんどいないも同然だから、きっちり準備しておかないと、怖くて乗り切れないからね。あ、とりあえずできることからやっていって」

「はい！」

明日香は進行表を折りたたむと、着物の懐《ふところ》にしまい込んで、早速指示を出した。

軽快な返事と共に凛子が動き始めると、自分も「さてと」と準備にかかる。

「あれ!?　伊藤さん！　どうしたんですか、そのカッコ」

すると、間髪を容《い》れずに、今度は黒服を着込んだ若い社員、吉川が駆け寄ってきた。

休憩にでも入っていたのか、これからのことはまだ知らされていないようだ。

「あ、吉川さん。いいところに来た。実は瀬川部長が大広間に呼ばれたから代わりに助っ人に来たんだけど、いまいち勝手がわからなくて。だからこれ、今のうちに説明してくれる？」

明日香はしまい込んだばかりの進行表を取り出すと、大卒入社二年目の吉川に差し出した。

「え!?　あ、はい。けど、洋室と和室の違いだけで、伊藤さんなら何も問題ないと思いますよ。むしろ俺のほうが、今日の進行はお願いしますって言いたいです。黒服、俺だけだし……」

この仕事に就いて、まだ一年程度の吉川だけに、職歴八年の明日香に聞かれたところで、答えられることは何もない。

かえって相手が〝瀬川でさえ当てにする明日香〟だったがために、丸投げしかねない勢いだ。

「何言ってるのよ、謙遜《けんそん》しちゃって。あ、そうだ。それより一発目の料理上げって、心持ち早くできる？　ここだけの話、普段着慣れないものを着せられたから、思うように動けないの。それに、座敷だから立ったり座ったりしなくちゃいけないし。まさか粗相なんかするわけにはいかないから、気持ち余裕がほしいのよ。どうにかなるかな？」

しかし、そんな吉川に向かって、明日香は帯をさすりながら「無理」をアピール。自分が率先して進行する気がないことを伝えると同時に、フォローのお願いまで口にした。

当てが外れた吉川は、慌てて進行表に目を通す。

「あ、じゃあ、全体的に五分ぐらい早めに上げるように手配しましょうか。部長がいないなら、用心するに越したことがないし。二発目、三発目のことも考えると、そのほうが安全ですもんね」

改めて今日のスケジュールを見直し、明日香の願いどおり、調理場から部屋の裏まで料理を運ぶタイミングを、若干早めることを即決した。

「ありがとう！　なるべく一発目でちゃんと動けるように慣らすから。本当にごめんね、こんなお願いしちゃって」

「いいえ。俺もできる限りのフォローはしますから、伊藤さんも気が付いたことは、なんでも言ってください。実は俺、瀬川部長抜きの進行って、今日が初めてなんです。その、進行とか、料理出しのタイミングとか、不安は山積みなので……」

料理の運搬時間を調整する。

たったこれだけのことだが、明日香が満面の笑みを浮かべたことで、吉川の顔つきが自然と変わった。今日の進行の決定権が、自分にあることを自覚したようだ。

「え⁉　そうだったんだ。じゃあ、今日はお互い支え合わないとね」

「ええ」

形としては〝持ちつ持たれつ〟だが、相手が明日香だけに、持たれっぱなしにならないことが、吉川には嬉しかったのだろう。つい数秒前に、自分の仕事を丸投げしようとしたのが嘘のように、自信と覇気に満ちていた。

横目でチラチラと様子を窺《うかが》っていた凛子は感心したように呟く。

「はぁ。どんなに自分よりキャリアのない相手であっても、ああやって持ち場の担当を立てるところが、明日香さんよね～。だいたい、洋室と和室の違いはあっても、披露宴の進行や食事のコースなんて、全部暗記してるだろうに。何より、あれだけ立派に着付けをできる人が、思うように動けないなんてありえないし」

ただ、こんな日常の中のワンシーンが、凛子にとってはかけがえのない教材だった。

「私も――見習って頑張らなきゃ！」

凛子は改めて気合いを入れ、準備を再開した。

明日香はそんな凛子の後ろ姿を見て、一人静かに微笑を浮かべた。

3

多忙を極めた日曜の仕事明け、明日香はいつもと同じ時間に起きた。半休を入れていたため本来なら堂々と朝寝坊ができたのだが、瀬川からお金を預かっていたこともあり、買い物に出かけ、そのまま出社したのだ。

「おはようございます。瀬川部長、昨日預かった制服の小物備品、買ってきました」

仕事に入る前に和室へ届けに行こうかと思ったが、宴会課のデスクルームに、東宮とともに珍しく岩谷も瀬川もいたので、この場で渡してしまうことにする。

「あ、伊藤。ちょうどいいところに来た。東宮副支配人から話がある」

「東宮副支配人から？　なんでしょうか」

しかし、瀬川から満面の笑みで呼ばれ、明日香は何故か嫌な予感に囚《とら》われた。

いつもなら、覇気に満ちた東宮の姿を見かけるだけで、「今日はラッキー」と拳のひとつも握るのだが、どうもそういう気分にならない。

やたらにドキドキするのだが、それが頬が火照《ほて》るような可愛いものじゃない。

なぜか、冷や汗が出そうな、そういうドキドキなのだ。

「今朝の会議で決まったばかりなんだが、君には今日から和室のチーフを務めてもらうことになっ

嫌な予感ほどよく当たるもので、東宮はＡ４判の用紙を手に、爽やかな笑顔でとんでもないことを言ってくる。

「和室のチーフ？」

何それ？　聞いたこともない。

明日香は、覚えのない役職に首を傾げる。

「そう。前々から瀬川部長に〝スタッフとの間にワンクッションほしい〟っていう要望をもらっていたんだ。ほら、和室って部屋持ちは男性社員なのに、配膳のほうは社員もスポットもすべて女性だろう。一応女子社員がスポットさんをまとめてはいるものの、まだまだ経験が浅い子ばかりだから、年配のスポットさんとはぶつかることも多くてね」

聞いたことがないのは、当然だった。どうやら〝チーフ〟というポジションも肩書きも、できたてのほやほやらしい。

それも明日香を和室へ配属させるためだけに作られただろうポジションだ。

東宮の言葉をそのまま受け取るならば、和室の責任者である瀬川の下で、部屋持ちの吉川たちと同等？

いや、それは名目だけのことで、事実上は瀬川のサポートだろう。和室をまとめる上で、明日香がサブ責任者になるということだ。

「あの、でも、和室担当の女性社員の皆さんのほうが、確か私より先輩のはずですが」

本来なら出世だ。喜んで然《しか》るべきだ。

しかし、明日香は素直に受け入れられなかった。

「それは入社時期の話だろう？　現場経験は君のほうが豊富なんだから問題はないよ」

「いえ、でも、それは違う気が」

東宮の立場からは問題なく見えても、現場で働く身としては、そういうわけにはいかない。

少なくとも明日香には、問題だらけにしか見えない。

どんなに和室の女性社員が吉川同様年下であっても、先輩は先輩だ。

明日香にとっては、立てるべき相手だ。

季節外れな時期に中途採用された明日香は、エストパレ・東京ベイに勤めてまだ半年だ。

どんなにこれまでの配膳歴があったとしても、ここでは、まだまだ新入社員であり、ぺーぺーの一人なのだから。

「ここで違うって言われると、私も副支配人なんて恐れ多くて、って話になるけど」

「一緒にしないでください。東宮副支配人は特別待遇で当社に招かれた方です」

「それを言うなら君だって、香山配膳からスカウトされて社員になったんじゃないか」

「いいえ、私はただ岩谷課長にリニューアルで人手が足りないからって声をかけられただけで、縁故みたいなものですので」

だが、東宮は、明日香のその発言に珍しく険しい顔をした。

「岩谷課長！」

「はっ、はい」

「君は彼女にどういう説明をして、このエストパレ・東京ベイに来てもらったんだ。確かに彼女はリニューアル前からスポットとして出入りしていたようなので、個人的にも親しいのはわかる。けど、彼女を社員にと要望したのは会社であって、君はたんに仲介に入っただけだろう？」

突然声を荒らげて岩谷を呼ぶと、追及を始める。

「いや、その……すみません。伊藤は、そういう堅苦しいのが駄目なタイプなんで、あえて俺に力を貸してくれ的なノリで引っ張りました。その、社員の立場からスポットたちをフォローしてほしいし、何よりサービスの向上のために来てほしいって」

「じゃあ、そもそも彼女自身に、スカウトないしヘッドハントでの入社だっていう自覚がないってことか」

「――はい」

東宮の口調はとても冷ややかで厳しいものだった。

明日香だけではなく、その場にいた誰もが〝東宮にこんな一面があるなんて〟という顔をした。

しかし、どんなに若くとも、彼はこのホテル・エストパレ・東京ベイの副支配人だ。

社長などの役員たちは別として、現場においては、彼の上には総支配人しかいない。

瀬川のような年上の、それもベテラン社員さえもまとめて引っ張っていくのが彼の仕事だ。

本来なら、こういう態度をとるほうが普通なのかもしれない。

「そう。なら、伊藤明日香さん」

「はい！」

普段とは、完全にスイッチが切り替わったとしか思えない東宮に名を呼ばれ、明日香はビクリと肩を震わせた。

「今からでもいいので、自覚してください。当ホテルがあなたを香山から招いたのは、社員の模範となる存在がほしかったからです。決して新入社員という認識ではありませんから、それ相応の仕事をしていただきたい。もちろん、こちらの要望が現在の待遇に見合っていないと思われる場合は、遠慮なく申し立ててください。真摯に受け止め、検討します」

「っ……っ、いや、ですから、その……。そういうのが……」

東宮と視線が合わせられずに、思わず岩谷を睨んでしまう。

だが、そんな逃げは許さないとばかりに、再度東宮から「伊藤さん」と呼ばれて、明日香は内心悲鳴を上げながら視線を戻した。

恐る恐る東宮と目を合わせる。

「苦手でもなんでも、最善の努力はしてください。私もホテル向上の一環として、岩谷課長や他の社員たちと共に、洋室において最高のサービスが提供できるよう努力します。なので、伊藤さんは瀬川部長や吉川くんたちと共に、和室のサービスの向上を。そうして互いに切磋琢磨《せっさたくま》し、まずはこのホテル・エストパレ・東京ベイの宴会課が都内一と評価されるように。そして次は関東一、ゆくゆくは日本一を目指しましょう。いいですね」

高圧的な物言いだが、それでも東宮の言葉にブレはなかった。

彼の職務意識やここでの目標もいっさい変わっておらず、「お前も協力しろ。これまで以上に力を尽くせ」と言われれば、明日香に出せる答えなど所詮はひとつだ。

「はい」

明日香は、ここにきて初めて〝こんなことなら香山にいればよかった〟と思った。

自分よりも長く勤めている社員、それも同性の先輩と渡り合うなら、香山の人間として応援に来たほうがやりやすい。

香山の人間はどこまでいっても〝香山の人間〟という評価をもらえるが、元・香山の人間なんて、所詮は元だ。だから何？　と言われかねない。

それはすでに、昨日のうちに実感していた。

吉川にしても、凜子たちスポットにしても、何かにつけて「明日香さん、明日香さん」と声をかけるものだから、明日香は女性社員たちから睨まれていたのだ。

「期待してますから」

それでも我がホテルのいい男ナンバーワンに微笑まれたら、いや、辞令と書かれた書類を突きつけられたら、受け取るしかないのがサラリーマンだ。

今の伊藤明日香の立場だ。

とはいえ——

「何が切磋琢磨《せっさたくま》よ、期待よ。そもそも東宮副支配人とは天地ほども立場が違うんだから、一緒にされたって困るっていうの！」

さすがに突然すぎる辞令に困惑した明日香は人気のない倉庫に駆け込み、携帯電話を取り出していた。

「だいたい和室でのサービスなんか、洋室でのサービスの一割程度の経験しかないのよ。なのに、どうしたらこんな話になるの？　香山出身っていうだけで、勘違いしてるとしか思えないわよ。っていうか、岩谷課長がいい加減すぎ！　こんなの話が違うと思わない？」

もはや、メールでは埒《らち》が明かない。

今月の電話代を覚悟し、なおかつ相手の睡眠時間を略奪することになるのも承知の上で、海外研修中の親友、白鳥蘭《しらとりらん》に直接電話をかけていた。

『あら、そう？　言い方は違うけど、話は同じじゃない？』

蘭は、大卒でこのホテルに入社、客室係として勤めていた、明日香と同い年の女性だった。

同性の目から見ても溜息が出そうなほどゴージャスな美人で、スタイルも良くて、頭もいい。長い髪も艶々《つやつや》、サラサラとしており、明日香が想像する〝東宮の隣にふさわしい女性像〟をそのまま現実にしたようなタイプだ。

ただ、酒豪《しゅごう》で絡み癖があり、何をするにも豪快なのが玉にきずだった。

それが災いしてか、彼氏いない歴を明日香と共に更新中。ようは、見た目と違って、かなり性格が男前だったのだ。

しかし、そんな蘭だったからこそ、明日香がスポットで入っていた頃から意気投合。一緒に飲んではつぶれ、二人で朝まで職場の愚痴をこぼしては、理想や夢を語り合ってきた。

気が付けば、お互い一番大事な友になっていて、恋愛話から仕事の話、挙げ句は給料の額まで話題に出せる相手になっていた。だからこそ今もこうして国際電話ができるのだが——

「なんですって!?」

『だから、結局岩谷課長にしても東宮副支配人にしても、明日香に期待してるのは一緒だってことよ。当ホテルのサービスレベルの向上。これに一役買ってほしいって』

「そんな、簡単に言われても」

『もちろん、いきなりこんな展開になるなんて、私もビックリよ。まさか明日香を和室にもっていくなんて、思ってもみなかったし。実際、一番困るのは岩谷課長でしょうね。ただ、和室は和室で切実みたいだし、これまでなかったチーフなんてポストを作ってまで異動させたいって言われたら、岩谷課長の立場じゃ逆らえなかったと思うのよね。何せ、相手は部長と副支配人のタッグだし。何より明日香が抜けた穴を埋めるために東宮副支配人も、しばらくは大広間の手伝いに来るんでしょう？　胃に穴が開かないといいけどね』

十三時間遅れのニューヨーク在住、突然真夜中にたたき起こされたわりに、明日香の怒りを受け止めた蘭は冷静だった。

そもそも明日香の仕事を理解し、世間からの評価も熟知していたからだろうが、そのために明日香は蘭に、「そうねそうね、ひどいわよね」とは言ってもらえなかった。

たんたんと現実を突きつけられるだけになったのだ。

「あ、そっか……。そう考えたら、岩谷課長のほうが大変なのか」

それどころか、丸め込まれて、落ち着かされた。

そして、現在もっと被害者意識に囚《とら》われているだろう男がいることにも、気付かされた。

『まあ、なんにしたって、明日香の実力が認められての異動なんだから、ここは頑張るしかないって。東宮副支配人に、日本一の宴会課にって言われて、はいって答えたんでしょう？』

「そう言うしかないじゃない。満面の笑みで辞令渡されて、他に何が言えるのよ」

こうなると、明日香も熱くなっていたものが急激に冷めてくる。

『なら、やるしかないでしょう。今こそ香山魂見せなさいって。明日香にならできるわよ』

「――何が香山魂よ。みんな二言目には、香山香山って。勝手なんだから」

『なんにしたって手当は付くし、給料も増えるんだろうから、頑張るしかないじゃない。それに瀬川部長なら全面的に明日香のフォローをしてくれるわよ。決して明日香に、これなら香山にいれば良かったなんて言わせない。そういう仕事をさせてくれるはずだから』

蘭は、明日香が落ち着いたのを感じて気が緩んだのか、話の途中で欠伸《あくび》を漏らした。

決して無理にごまかそうとも、隠そうともせずに、それを「ごめんごめん」と笑って済ませる。

『とにかく、私の帰国はまだ先になるけど、いつでも話聞くし、何かあったら自腹でも飛んで帰るから。へこたれるんじゃないわよ』

優秀社員として選ばれ、慣れない土地で研修に取り組み、毎日サービス向上を目指して奮闘中の蘭。明日香はこれ以上、彼女から睡眠時間を奪えないと思った。

「ん。わかった。ありがとう」

心から感謝を伝えると、「今日は起こしてごめんね。もう一度、寝直して」と伝えてから、通話を切った。

「はーっ。まいった」

それでも最後に一言だけぼやいた。

「いや、はいと言ったんだから、やるしかない。よし、着替えに行こう」

ただ、それはこれから気持ちを切り替える、与えられた仕事に専念し全うする、そのための気合い入れであり、覚悟の証《あかし》でもあったが――

＊＊＊

午後になると、明日香は昨日に続いて本日も着物に着替えることになった。

自分が買い出しに行った足袋《たび》や小物類をワンセット買い取り、美容室でもらった簪《かんざし》をつけて、新たな職場となる別棟の和室へ移動した。

「瀬川部長。どういうことですか？　こんな時期に人事異動なんて」

和室の裏の一角、着いた早々目にしたのは数名の女性社員が瀬川を囲んでいるところだった。

先頭を切って噛みついているのは、短大卒で入社三年目の野口秀美《のぐちひでみ》。

すっきりとしたショートカットが似合う、まだ現役の女子大生のような可愛らしさを残した女性だ。

「いいと思う異動に時期は関係ない。それに、これは幹部会で決まったことだしな。お前たちもこれからは伊藤に協力して、和室を盛り上げてくれ。向こうがオールウエーターでくるなら、こっちはオールウエートレスだ。せっかくこれだけの和室宴会場を持っているんだから、もっとアピールしていかないとな」

瀬川が説明しても、納得したようには見えない。

野口は昨日休みだったので、どんな仕事ぶりなのかはわからないが、これを見るかぎり、そうとう勝ち気でプライドが高そうだ。

明日香との年や性格差を考えても、今後何かしら起こりそうな予感がぬぐえない。

そうでなくとも、昨日の段階でガンガンに睨んできた若手の女性社員が、野口の背後に立っている。ということは、ここの女性社員は野口が仕切っているのだろう。

明日香はその彼女の上に立って、引っ張っていかなければならないのだ。着いた早々気が重い。

(さて、どうしようかな)

「おはようございます。伊藤さん」

まずはどう話しかけようかと思っていると、背後からポンと肩を叩かれた。

「あ、おはよう」

やけに爽やかな笑顔で声をかけてきたのは、吉川だった。

彼とは昨日の段階でかなり歩み寄れたので心配はない。

だが、彼の背後にいる男性社員、昨日休みだった二人はまた別だ。

いずれも入社して二、三年で、明日香よりは年も職歴も下だ。顔と名前ぐらいは知っているが、同じ現場で働いたことがないので、海のものとも山のものとわからない。

わかっているのは、双方共に一流大学の出。なんとなくだが、野口同様プライドが高そうな目つきをしている。

「きゃーっ、明日香さん！　おはようございます。聞きましたよ、チーフの話。すっごく嬉しいです」

今度は誰だと思えば、凛子だった。

心から喜んでくれる彼女に罪はないが、あまりのはしゃぎっぷりに野口一派が振り向いた。

睨まれたのは当然明日香だ。

すぐにプイと顔を逸《そ》らされたが、明日香のほうはたまったものではない。

ますます気が重くなってくる。

「本当。これからは昨日みたいな仕事運びができると思うと、俺も俄然《がぜん》やる気が湧いてきましたよ。これからよろしくお願いしますね」

「あ、ありがとう」

誰もが吉川のように柔軟ならいいのだが、それなら瀬川が明日香をこちらに呼ぶことはないだろう。

呼ぶには呼ぶなりのわけがある。

瀬川でさえ、そろそろ限界だ、と思った、それなりのわけが。

「じゃあ、私は瀬川部長のところに」

簡単な挨拶を済ませると、明日香は凛子を連れて瀬川のもとへ向かった。

明日香の後ろ姿を目で追いながら、吉川に話しかけたのは、同期の男性。

「ふーん。伊藤さんね。吉川が意欲的なのって、実は彼女の和服姿に参ったからなんじゃないか」

「それはそれで、これはこれだよ。実際昨日は驚くほどスムーズな進行だった。何せ、年配のスポットさんたちが、スイスイと動くんだ。普段は瀬川部長だって、なかなか動かせないお局《つぼね》さんたちなのに、明日香さんの〝お願いします〟には笑顔で〝いいわよ～〟なんだから、こっちだってやる気も出てくるって」

「そりゃすごいな。俺も見てみたかったわ。なんで昨日に限って風邪引いたかな」

吉川の一年先輩の男性も、明日香の後ろ姿を見ながら、感心とも興味本位ともとれる反応を示した。

「それにしても、人の印象ってがらりと変わるもんだな。快活というか、姉御というか、仕事の鬼というか。これまで彼女を女として意識することって、まったくといっていいほどなかったんだけど――」

何気なく目で追っているうちに逸《そ》らせなくなったのか、どこか不思議そうに呟く。

「そうそう。どっちかっていうと、瀬川部長や岩谷課長と同じような感覚でしたよね。やっぱり香山出身っていうブランドのほうに気が行くし。まだまだ俺みたいなサービスマンじゃ、足元にも及ばないって気持ちもあったし。でも、ここまで印象が変わって見えるってことは、やっぱり着物って凄いんですね」

すると、二人の話を聞いていた吉川が、あからさまにムッとした顔をした。

「違うよ。着物が凄いんじゃなくて、彼女の着こなしや仕草がいいんだよ」

「着こなしや仕草？」

「これも正しいサービスのためとかって伊藤さんは言うと思うけど、洋服の時とは明らかに動きが違うんだ」

和装の明日香と仕事をしたのは、吉川だけだった。

それもあってか、いつになく熱弁を振るう。

「袂《たもと》の気にし方とか、歩き方とか、すべてにおいて着物の動きなんだ。なんとなくだけど、オーラまで和テイストっていうか、慎ましさがにじみ出ていて。洋食サービスで発揮されていた繊細かつパワーのある動きはそのままに、和食サービス向けの品というか、落ち着きが増してるから、全体的に優雅に見える。自然と女性的に見えるんだ」

なんだそれは？　と言わんばかりに、残りの二人が苦笑する。

「本人の気性からしたら優雅なんて言葉、どこにも当てはまらないのにな」

「言えてます」

確かに洋装と和装では印象が大きく違うが、何もそこまでべた褒めしなくてもと言いたいのだろう。

「あんな人、連れて歩けたら鼻が高いだろうな」

しかも、この上何を言い出すのかと、同期の男が肩を叩いた。

「それ違う。〝連れて歩かれる〟の間違いだから！」

普段より大人しそうに見えても、明日香のほうが年も職歴も上だ。所詮俺たちは部下同然だぞと鼻で笑う。

だが、そんな彼の言葉がかえって吉川を煽ったのか、彼はツイと顔を背けた。

「そう思うなら思っとけ。でも、実際伊藤さんは男を立てる人だよ。昨日だって、俺みたいなペーペーに、ちゃんと花をもたして進行させてくれたし。だから年配のスポットさんも気持ちよく動くんだろうなっていうのを、しっかり見せてもらったから」

今年二十四になる男の顔は、完成されるにはまだ時間がかかる。

しかし、少し青さの残った吉川のマスクは、東宮や海斗に勝るとも劣らない。

「宴会は、特に披露宴は、ただ料理を運んで配るだけじゃだめなんだ。それだけじゃ本当に行き届いたサービスって言えないんだ。そういうのをまざまざと見せつけられたから……」

「吉川？」

「決めた。俺、アタックしよう」

何やら雲行きが怪しくなってきた。

そう思ったときには、吉川はまったく仕事とは別の方向で気合いを入れ始めていた。

「は!?　馬鹿言うなって。相手は岩谷課長の女だぞ。それがあるから、諦めたって奴もいるって話なのに、何を考えてるんだよ」

「だったら尚更ガツガツいかなきゃ。伊藤さん、昨日スポットたちに岩谷課長との関係を聞かれて、全否定したんだ。この話、ものの数分でホテル内を駆け巡ったから、すぐにでも仕掛けなかったら、どこで出し抜かれるかわからないしな」

「え？　そんなことまであったのかよ、昨日は」

めったに取れない日曜の休日。同期の男が喜び勇んで遊んでいた日に限って、ホテル内ではいろんなことが起こっていたようだ。

「ああ。ってことで、あとから参戦してこないように。そうでなくても彼女の周りには信者的なスポットが多いんだから。仕事ができる分、ベテランの男性社員とも仲がいいし……。本人がどう思ってるのかは別として、岩谷課長がその気になったら、やっぱり一番手強いだろうしさ」

吉川は、まずはこの場で余計なライバルを作らないように釘を刺すと、その後は用もないのに瀬川と明日香の会話に参加しに行った。

「そういうお前にだって、ファンはいるんだから。下手なことして、伊藤さんの足引っ張るなよ」

つい昨日まで、「やっぱり女は見た目だろう。顔は心の窓だろう」と言っていた気がする吉川の後ろ姿に、先輩社員は失笑を誘われる。

特別、容姿端麗というわけではないが、内面から自身を輝かせている明日香と仕事をしたことで、〝女の見方〟や〝仕事に対する考え方〟が一変してしまったのだろうが、それにしたって唐突な奴だとしか思えない。

「そうそう。特にこの和室宴会場という大奥では、お前が若殿様なんだからさ」

同期の男も、既にこの場を離れた吉川の姿を見ながら、呟いた。

〝大奥〟の現状もよくわかっていなければ、実は自分のこともよくわかっていなかったんだなと、その場に残された二人は、目と目を合わせると肩を落とす。これから起こるであろう波乱を脳裏に描きつつ。

そして、さりげなく自分たちの会話に聞き耳を立てていた女性社員たちの不機嫌なオーラが怖くて、春だというのに背筋をぶるりと震わせた。

一方、吉川の態度がどうこうというより、いきなり現れた明日香の存在そのものに憤慨していた野口は、今夜の宴会のスタンバイをしながら、一人ぶつぶつ文句を漏らしていた。

「何よ。たった一日手伝いに来ただけで、部屋持ちみたいな顔して。香山出身だかなんだか知らないけど、えらそうに」

洗い場から上がってきた大量のグラスを前に、渇いた布巾《トーション》でひとつひとつ仕上げ磨きをしながら、行き場のない感情をぶつけていく。

「あら、事実上部屋持ちさんと一緒でしょう。今日からは瀬川部長の下に、伊藤明日香チーフってことなんだから」

すると、現場に入っていた年配女性スポットの一人が、日頃の鬱憤《うっぷん》でも晴らそうとでもいうのか、野口の神経を逆撫でするように声をかけてきた。

「でも彼女は、洋食専門じゃないですか」

思わず言い返した野口から顔を逸《そ》らすと、ぷっと吹き出す。

「何がおかしいんです」

「あなた何も知らないのね。香山の女性って、銀座や赤坂の老舗《しにせ》料亭からもお呼びがかかるのよ。特に海外のお客様が来られるときには、通訳もできるから、重宝されて」

同じ仕事をしていても、社員と派遣では一線が引かれる。

それは仕方がないことだとわかっていても、肩書きと仕事ができる、できないは別物だ。

それを日頃、派遣というだけで見下すような言動を取るから、こういうことになる。

「別に英語ぐらい」

「母国語以外に最低二ヶ国語。これが香山に入る条件の一つ。有名な話よ」

引き合いに出された明日香にとってはたまったものではないが、これ見よがしに言いたくなるほど、こちらの年配女性スポットも鬱憤が溜まっていたのだろう。

「ああ、そうですか。そんなことも知らなくて、すみませんでした！」

憤慨した野口がトーションをグラスに投げつけ、その場から去ると、スポットの女性はざまあみろとでも言いたげに舌を出した。

世の中肩書きだけで人が褒めてくれると思うなよ。ましてや大した肩書きもないうちに、一人前の顔したって、誰も付いていかないのよ。

そう言わなかっただけ、まだ遠慮したという顔つきだ。

「まあ、同じようなこと言って、私も明日香ちゃんに噛みついた過去があるけどね」

その後は自嘲を浮かべると、目の前に残されたグラスを黙々と磨き始めた。

どうやらこの女性も一度は明日香とぶつかった。

だからこそ、今ではお互いの仕事に信頼を持っているようではあったが――

「ふん。なんなのよ、あの自慢げな態度。別に自分の事じゃないでしょうに」

しかし、そんなことなど知るよしもない野口は、ここまで面と向かって嫌味を言われた経験がなかっただけに、ますますヒートアップしていた。

一流か二流かと言われれば、ホテル・エストパレ・東京ベイは国内でも有数の一流ホテルだ。海外の主要都市にも支店を持つホテル・エストパレ・グループの中でも優良店とされ、入社試験の倍率だって軽く百倍を超える。

そんな難関を突破しての入社だけに、最初に植え付けられるのは、正社員であることへの自信だ。同じほどの義務や責任もあるが、第一にエストパレのホテルマンである自尊心を育てられることから、それが時には派遣との摩擦を生み出す原因となる。

これに関しては教える側が悪いのか、受け止め方が悪いのか、持ち前の価値観も作用するだけに、どうにもならない。

それだけに野口の中で、どうしてもひっかかり続けていたのが、宴会課の目指すサービスレベルが「香山レベルだ」と言われることだった。

派遣レベルを目指すなんて、いったいどんなプライドを持てば、そんな言葉が出てくるのか、まずそこが理解できなかった。

それが野口の経験の少なさ、ホテルマンとして、サービスマンとしての知識のなさだと言われてしまえばそれまでだが、納得できないものはできないのだから仕方がない。

「何が香山の女性は、よ。ここはエストパレだっていうの！」

これまでは明日香が大広間の担当で、野口とは担当が被らないから無視してこられたが、こうなるとそうもいかない。

「あ、野口さん。ちょっといいですか？」

間の悪いことに、野口が最高にピリピリしているところに、明日香が声をかけてくる。

「はい。なんでしょうか」

「今回の異動、急なことで私も戸惑っていて、わからないことだらけなんです。いろいろお伺《うかが》いすることも多いかと思いますが、よろしくお願いします」

野口の目から見た明日香は、かなり遠慮がちで、後輩のように腰が低かった。

だが、きちんと着付けられた着物、しっかりアップされた髪型を見る限り、確かに昨日今日のキャリアではないのがわかる。少なくとも着物自体も着慣れているし、和装での接客も経験があるのだろう。

場合によっては野口よりも経験豊富かもしれない。

何せ明日香は、大学に入ると同時に派遣配膳人としてこの仕事に携わってきた。

大学卒業後は香山配膳に移って、プロの配膳人として三年半を過ごし、このホテルに招かれている。

一方、野口は、職歴自体が二年もない。

入社して三年目とはいえ、研修期間やリニューアルオープンにかかっていた期間は別の仕事をしていたこともあり、実質サービス歴は一年半もあるかないかだ。

「謙遜《けんそん》されなくてもけっこうです。あと、上司から下手《したて》に出られるのもやりにくいですから、後輩を扱うようにしていただいて構いません。ここでは確かに私のほうが社歴はありますけど、サービス歴で言えば伊藤さんのほうが先輩ですし、年も上です。何よりチーフと名の付く方が、下の者にへこへこしていたら、示しがつかないでしょうからね」

それでも野口はこの一年半、他人の十年分に相当する努力をしてきたつもりだった。

それこそ割のいいバイト感覚で土日だけ入ってくるスポットたちとは違うんだという意識で、接客をしてきた。

それにもかかわらず、明日香を上に置かれたことは、屈辱でしかなかった。

もちろん、明日香が自ら志願してここにきたのではないだろうことは、明日香本人を見てもわかる。

「……あ、そう。ありがとう。じゃあ、お言葉に甘えて、少しフレンドリーにさせてもらうわね」

「あなたとお友達になる気はありませんから、どうぞ部下だと思ってください。じゃあ、私セッティングがありますので」

しかし、それらをすべて含めたとしても、野口は「だから香山がなんなのよ」としか思えなかった。

香山から来た明日香がそんなにえらいのか、なんでもできるのか、だったら見せてもらおうじゃないのよという思いを抑えられず、初めての挨拶を暴言だらけで終えてしまった。

＊＊＊

明日香が和室へ異動した初日は、夜から入っていた大手企業の歓送迎会が一本だけだった。和室を二つに区切った片側で、二百名ほどの来客に食事の出し、下げをする。

企業側が呼んだコンパニオンも二十名ほど入っていたので、明日香たちホテル側の人間は、普段よりかなり楽だ。

料理や飲み物の進み具合を確認しながら、空になった皿やグラス、そして灰皿に気を配り、あとは大きな粗相がないように細心の注意をするだけ。

それだって、コンパニオンが何割かは引き受けてくれるので、ホテルのスタッフは必要最低限で済む。

（はーっ。まいった。ここの子は臨機応変って言葉の意味を知らないのかしら。そりゃ、確かにホテルでの接客はキャバクラとは違うわよ。お触りはそもそも設定外よ。でも、酔っぱらい相手なんだから、適当にあしらうか、多少は目をつぶらなかったら、続かないって。そんなのどんな仕事でもあることでしょうに）

しかし、こんな一番楽そうな宴会一本の間にも、明日香は何度となく女性社員と年配スポットのいざこざを目にした。実際「まあまあ」と止めにも入った。

（そういう意味では、やっぱり年配のスポットさんたちは、酸いも甘いも極めてるって感じよね。適当に〝はいはい〟で済ませて、相手の機嫌を良くして、追加のオーダーとかとっちゃうし。けど、社員の子たちにとっては、そういうことをするから客にサービス内容を誤解させるんだってことになる。あなたたちが許すから、私たちまで同じように扱われて、嫌な思いをするんだって……）

ただ、どうしてそんなことでいちいち？　と思っても、許容範囲が違いすぎて、どうにもならない。

サービス業に従事しているからといって、サービス精神が旺盛《おうせい》とは限らない。

そういえば、宴会課の親睦会さえ、まともに出てこない女性社員はけっこういた。

明日香はスポット時代から週に三日は仲間や上司たちと飲み会、そして反省会が当たり前になっていたので、酒の場に抵抗がない。

酔っぱらいの対応にも、かなり慣れている。

だが、野口や他の女性社員はそうでもないためか、酔った客を相手にしても笑顔を崩さない年配者に目くじらを立てる。

彼女たちでは話にならないとなると、瀬川に訴えて、客側の責任者に注意を促《うなが》すよう要求する始末だ。

（だからって、お尻を触られても、笑って済ませられる人だけを配置するわけにもいかないし。どんなにお客様に理解を求めたところで、ひとたび酔ったらどうにもならない。だから、酔っぱらいの無責任なんて言うんだから）

明日香は私服に着替え、帰り際に休憩室へ立ち寄ると、自動販売機で珈琲を買い、隅の席に腰を落ち着けた。

仕事中はしっかりとまとめられている髪も解かれて、少しばかり解放的に見えるが、本人はとうていそんな気分になれない。

（でも、洋室に比べたら、確かに和室のほうが、お客様の崩れ方も激しい気がする。これってやっぱり座敷になると、お客様も気が緩むのかしら？　接客の距離も近くなるから？　それとも制服の違い？　洋室用の制服はいかにも制服ですって固い感じがするけど、着物ってそういう印象が薄れちゃうのかしら？）

そのまま一人反省会に突入していく。

うなだれると、ゆるくウェーブの残った長い髪が肩をすべって、哀愁が漂って見える。

（とはいえ、そもそも着物をきちんと着こなせている子が少ないのも問題よね。着るまではできていても、身のこなしが……。それがわかってるから、ベテランのスポットさんほど、若手を軽視している気がするし。かといって、若手社員の子に着こなしや所作のことを言っても、噛みついてくるだけだろうしな）

普段から明日香と親しい者は、明日香がこうして物思いにふけっているときは声をかけてこない。明日香の気が散らないよう、そっとしておくだけだ。

「あ、伊藤さん。お疲れ様です」

しかし、それを知らずに声をかけてきたのは、たった今着替えてきたのだろう吉川だった。背後には、相変わらず先輩と同期が控えている。

「あ、お疲れ様」

声をかけられれば、明日香は気持ちを切り替え、対応する。

制服から私服に戻った吉川たちは、グッと若くなって見えた。

やはり、黒服が生み出す印象は大きい。こうして見ると、いずれもカジュアルな装いが似合う、好青年たちだ。

と同時に、アップにしていた髪が下りただけで、明日香の印象もまた変わっていた。

春先らしいサーモンピンクのニットチュニックにストレートジーンズ。そして肩から背に流れるふわりとした黒髪が、綺麗というよりは大人の可愛らしさを演出している。

際立って綺麗でもなければ、可愛くもない分、明日香は装いによって印象が変わるらしい。

「あの、伊藤さん。今日はこれから空いてますか？　正式な歓迎会は後日にしますけど、よかったらその前に一杯どうです？　まずは打ち合わせ兼親睦会ってことで」

どこか照れくさそうに誘う吉川。

「それって野口さんたちも一緒？」

「いえ、今夜は俺たち三人です」

「そう。どうしようかな」

明日香は思いがけない誘いを受けて、悩んだ。

ここで吉川たちと軽いミーティングができるのは悪くない。きっと瀬川や凛子からでは得られない情報が得られるだろう。

それがなかったとしても、新しい仲間と交流を深めるのは必要不可欠だ。

だが、ここで野口たちを外してとなると、禍根《かこん》を残しそうな気がした。

せめて最初の飲み会ぐらいは、みんな揃ってのほうがよくないか？

来る、来ないは自由としても、声だけはかけたほうがいい気がして。

「あ、いた。明日香さん」

すると、そこへ今度は海斗が飛び込んできた。

よくあることだが、これが休憩室のいいところであり、逆に落ち着けないところだ。

明日香のように、知り合いが多ければ多いほど、声をかけてくる者があとを絶たない。

海斗の登場に吉川が顔をしかめたことにも、気が回らないほどだ。

「ん？　どうしたの、海斗」

「ひどいですよ、いきなり和室に異動って。俺、さっき聞かされて、ビックリしましたよ」

海斗にそう言われ、異動になったのはまだ今日のことだったのだと今さら驚いた。いつの間にか明日香の意識はすっかり和室に移っていた。

「あ、そうなのよ。私もビックリ」

「とりあえず、ちょっと飲みに行きましょうよ。ちゃんと経緯を教えてください。凛子は喜んでるかもしれないけど、大広間担当のスポット連中、魂抜かれたみたいになってますよ。なんかこう、気合いが入らないっていうか、潤滑油が切れた歯車みたいにぎくしゃくしてるっていうか。岩谷課長もノリが悪いし。せめて時間外だけでも、俺たちに気合いを入れてください」

それでも、こう言われると、放っておけないのが明日香の性格だ。

確かに、急なことだったとはいえ、きちんと挨拶もできないまま、これまで一緒に仕事をしてきた者たちの前から姿を消した。

これが大広間から別の洋間への異動ならば、そう騒ぐこともないのだろう。

だが、和室は別棟だけに、海斗たちも明日香に、どこか遠くに行かれた気持ちになったのかもしれない。

それほど行き来が少ないのだ、洋室と和室の宴会場では。

「あ、悪い。それ、明日でもいい？　こっちが先約なんだ」

「え？」

ただ、悩む明日香をよそに、吉川と海斗は静かに火花を散らし始めた。

「今後のチームワークのためにも、今の内に和室の社員同士で話し合っておこうかと思って」

「は？　何が今後なんですか。社員同士で話し合うなら、瀬川部長とすればいいんじゃないですか？　それこそ、黒服同士で」

「だったらそっちこそ、岩谷課長とすればいいだろう。彼女はもう和室の担当だ。大広間の担当じゃないんだから」

「別に、俺たちはどこの担当とか関係ないし。そもそも明日香さんは、そういう括《くく》りで飲みにも行かないし。単純にプライベートも仲良しだから飲みましょうってなってるだけなんで、そっちと一緒にしないでくれません？」

明日香が迷っているうちに、二人の火花はいっそう激しくなっていく。

それを見ていた周りが、「やばいよ、明日香さん」とジェスチャーを送るが、明日香の頭の中は問題でいっぱいだ。

自分を慕ってくれるスポットたちと、真っ向から敵視してくる野口たちの存在がとぐろを巻いてしまい、どうしたものかと頭を抱えるばかりだ。

（いっそ、今夜は疲れたってことで、帰って寝る？）

たとえ逃亡しても、今夜ばかりは誰も責められないだろう。週明けそうそうこれでは、先が思いやられる。

「と、いたいた。明日香」

だが、そんな明日香に、またもや声がかかった。

誰もがいっせいに出入り口に視線をやった。

「香山社長！　中津川《なかつがわ》専務!!」

明日香の声が今にも裏返りそうになっていた。が、それもそのはずだ。

相手は今となっては滅多に会えなくなった、香山配膳の若き二代目社長、香山と専務の中津川だった。

二人は高校生の頃から配膳の仕事をしており、この道二十数年というプロ中のプロだった。

事務所を切り盛りする傍ら、現役のサービスマンとしても活躍しており、誰の目から見ても国内屈指の〝料理人と客をつなぐ者《シェフ・ド・ラン》〟であり、〝調理場とフロアをつなぐ者《コミ・ド・ラン》〟だ。

明日香が悲鳴を上げて拝んでしまいそうなほど、最高にして最強のサービスマンたちだ。

「どうしたんですか、こんな時間に。しかも、わざわざ二人お揃いで」

この場にいる者なら、誰でも一度は耳にしたことがある名前だった。が、実際見るのは初めてという者も多く、休憩室は一気に歓喜で包まれた。

「今後のスポット調達のことで、ちょっと相談を受けて。それよりお前、チーフになったんだって？　祝いだな、祝い。一杯奢《おご》ってやるから、付き合えよ」

四十を超えたか超えないかという年齢のはずの香山は、驚くほど若くて綺麗な顔を持った男性だった。

その隣に立つ中津川も、また引けを取らないだけの精悍《せいかん》かつ優しげなマスクの男前だ。

いい男と言えば東宮――そう信じて疑っていなかった女性陣たちでさえ、自然と心が揺らいだ。

それほど突如として現れた香山のツートップは、男としても仕事人としても、洗練かつ完成された者たちだったのだ。

「本当ですか！」

これには明日香も、一瞬のうちに何もかも忘れた。

はしゃぎっぷりだけなら、仕事で〝D〟のパーティーに出られると喜んでいた時を軽く超えている。

「もちろん、これから入れるところだから、大した店じゃないけどな」

「どこでも構いません。お供しま――と、あ」

しかし、唖然《あぜん》として立ち尽くしている吉川と海斗の姿が視界に入り、さすがに「やばい」「まずい」と思う。

だからといって、今の明日香の心境からすれば、頼られるよりは頼りたかった。

問題を抱えながら飲むよりは、気のおけないところで、思う存分飲み明かしたかったのだ。

「どうぞ、久しぶりでしょうし」

「こっちは明日ってことで」

とはいえ、ここで強引に話を進められるほど、吉川も海斗も肝は据わっていない。

相手が他ならぬ香山配膳のツートップでは笑顔で引くしかない。

エストパレ・東京ベイの社員である吉川としては、絶対にトラブルは起こせない相手だし、スポットの海斗からすれば、明日香が「神」と崇《あが》めるほどの配膳派遣界の主様《ぬしさま》なのだから。

「ごめんね。じゃあ、そういうことで」

明日香は、そんな二人に心から感謝と謝罪をしながら立ち上がった。

これからどこへ連れていかれるのかは、まったくわからなかったが、そのことにためらいや不安はない。

明日香は絶対的な信頼のもとに、満面の笑みを浮かべて、香山たちとともに消えていった。


「香山女子面食い説って本当だったのね」

その後の休憩室は、大騒ぎだった。

「うん」

「だって、今のが社長よ！　専務よ!!　あんな気軽にご飯とか飲みとか誘ってくれちゃう上に、あのレベルの登録員がゴロゴロしてるのよ、香山配膳って!!」

しばし、興奮していたのは、当然女性社員やスポットたち。吉川や海斗は、プイと顔を背け合うと、用のなくなった休憩室から立ち去っていく。

「さすがに、我が社のナンバーワンルーキーやスポットくんでも太刀打ち不可能ってところよね」

「対抗できるのなんて、きっと東宮副支配人ぐらいよ」

普段は大きく見える彼らの背中が、今日に限って、こぢんまりとして見えたのは言うまでもない。

比べてはいけないと思いつつ、それでも比べてしまうのが、良質な異性を求め続ける女心だ。

いや、これはもはや本能だ。

「それにしてもいいな〜、明日香さん。これから両手に花？」

「ん？　それは甘いかな」

「どうして？」

「香山社長いるところ、登録社員あり。どこで飲んでても、必ず信者が嗅《か》ぎつけて現れるらしいから、おそらくこれから大宴会よ」

「え⁉　ってことは、あのレベルの高い男たちでハーレム状態？　ますます羨《うらや》ましいじゃない」

「男女入り乱れに決まってるでしょう。それこそ香山には明日香さんレベルからそれ以上の強者《つわもの》女もたくさんいるんだから」

上に立つ者への憧れと尊敬で登録社員が増えていく、香山配膳はそんなプロの集団だった。

「……そこまでいくと魔窟《まくつ》かもね」

「私なら、あんな集団の接客したくない。来られた店は、大変よ〜」

もっとも、内情を知り尽くした者たちが心配したのは、連れて行かれた明日香のことではなかった。

集《つど》いに使われる店の亭主、そして従業員たちだった。

4

台場に建つエストパレ・東京ベイをあとにすると、明日香は香山たちと共にタクシーに乗り込んで移動し、銀座の一角にある雑居ビルに連れていかれた。

そのまま地下に下りると、洒落《しゃれ》た多国籍料理のダイニングバーに案内される。

居酒屋と呼ぶには上品で、かといって小料理屋というには大衆的な造りの店は、二十名ほどが座れるカウンター席の他に、四人用と八人用のテーブルが各十卓ずつあった。

店は仕事帰りのサラリーマンやＯＬたちで埋め尽くされており、明日香は空席があるんだろうかと周囲を見渡した。

「香山さん、こっちです」

すると、先に来て席取りをしていたのだろう、奥からわざわざ迎えに立つ者が現れた。

「ああ、お待たせ。連れてきたぞ」

「どうもすみません」

（え？）

明日香は双眸《そうぼう》を見開いた。

自分の目に間違いがなければ、笑顔で歩み寄ってきたのは、東宮だ。

これまでクラシックタキシード姿しか見たことがなかったが、今日は銀座という土地のわりには堅苦しくない店を選んでいるせいか、本人の格好もかなりラフだ。

上質ではあるがカジュアル感のあるシャツをざっくりと羽織り、下は黒のスラックス。さすがに時計はいいものをはめているが、それ以外はまったく飾り気がなく、驚くほどシンプルだ。

しかも、何が一番驚きかと言えば、その髪型だ。

ホテルマンであると同時にサービスマンでもある東宮は、常に髪が乱れないようムースなどで軽く流して抑えている。

だが、それを崩している今、明日香は彼の前髪が思ったより長かったことを知った。軽くシャギーの入った前髪が頬骨あたりを掠めていて、なんともそれがセクシーだ。甘めのマスクを際立てており、周りの女性の目を自然と惹きつける。

とはいえ、浮かれてばかりもいられない。

「東宮副支配人……っ、どういうことですか？」

もしかして自分は、はめられたのだろうか？

慌てて香山に説明を求める。

「ん？　どうもこうもないけど。見たまんま。一緒に飲むだけ」

「む、無理です。帰ります。ご一緒できません」

そもそもどうしてこんな凶悪な面子《メンツ》で飲み会をしなければならないのだろう？

明日香の出世祝いという名目で集まるには豪華すぎる。

香山や中津川だけでも恐れ多いのに、東宮が現れた日には、完全に逃げ腰だ。

それに、言い方は悪いが東宮にお祝いされる理由は一つもない。

そもそも明日香に和室担当という大奥戦争のような難題を放り投げてきたのは、この東宮だ。

「どうして？　あっちはご一緒したいってよ」

「だって、そういう立場じゃないですから、私」

明日香は顔が引きつりそうになりながら、この場からどう逃げようか考える。

「立場って……。別に、気にすることないじゃないか。もう、タイムカード押してるんだろう」

「気にしますって。香山のノリとは違うんですから。相手は副支配人なんですよ」

しかし、どう訴えようと香山には届かない。

「そんなの、黒服脱いだらただの人だろう。あ、いや……。ただの二枚目か」

「そうとうな二枚目です！　とにかく、帰りますから」

最後は実行あるのみとばかりに逃亡しようとするが、忘れてはいけない、もう一人いるのだ。

「そう言わないで、俺たちの顔も立てて。彼、今回けっこう乱暴な人事異動をしたからって、心配して事務所に連絡してきたんだよ。もちろん、明日香は全力で仕事をするだけだから、心配ないって言っといたけど」

「中津川専務」

一見穏やかで優しそうな彼が、一番食えない人物であることは事務所の者なら誰でも知っている。

社長を含む全登録員のスケジュールと金庫を管理しているのは、この中津川だ。香山が動くときには、水面下に必ず彼がいる。

しかも、東宮が事務所にそんな電話をしたというなら、受けたのは間違いなく中津川だ。

ということは、香山を引っ張り出して、明日香をここまで誘導したのも、この中津川かもしれない。

「とにかく、こんなところで立ち話してたって、しょうがないだろう。今夜は好きなだけ奢《おご》ってやるから、まずは座れって」

「こんなのパワハラです。新手のいじめですよ」

文句を言いつつも、明日香は諦めた。

尊敬する二人に嫌われたくないというよりも、中津川のお膳立てには逆らえない。

これは完全に外堀を埋められた状態だ。

「そうか？　周りはそうとう羨《うらや》ましそうに見てるけど、お前のこと」

笑って済まそうとする香山が憎らしい。

だが、三人が三人とも秀でたルックスの持ち主であり、肩書きなどなくても人目を惹くだけに、明日香はこんなところに来てまで、周りの女性たちから嫉妬めいた視線を向けられた。

「こんな待遇、ホストクラブで受けたら、一晩いくらかかると思ってるんだ」

「どうせ、普通の接客だとしても、手の出ないお値段ですよ！　ふんだ」

香山はわざとらしくホストクラブに例えたが、明日香だけは知っていた。

どんなに大金をはたいたところで、今夜と同じサービスは受けられない。

たとえ国賓であっても、この三人から同時に接客されるなどまずないことだ。

それほど今夜の面子《メンツ》は、大変なものだった。

お金を払っても逃げ出したい。

疲れた心身にむち打つような、そんな祝賀会だった。


先に来た東宮が用意していた席は、小さいながらも襖《ふすま》で仕切られた個室だった。

どんなにラフな格好をしていても、明日香以外は立場のある人間だ。

ひょんなことから、どんな話が飛び出すかわからない。

そんなところまで配慮したのだろうが、だったら三人でどうぞと言いたくなるのが、今夜の明日香だ。

お世辞にも広いとは言えない密室空間に女は一人。

終始酌《しゃく》をし、ホステス代わりになるならまだしも、逆に三方から「ほら」とビールを向けられてしまう。

どこを向いても断れない。

悪意はないのだろうが、明日香にしてみたらパワハラだ。乾杯する前から悪酔いしそうだ。

いや、すでに酔っているかもしれない。

正面には上司であり、エストパレ・東京ベイの寝てみたい男ナンバーワン。

隣には配膳界の美男な神。

そして、斜め向かいにはホテルと配膳事務所を繋ぐパイプそのもの。彼の一言で機能しなくなる宴会課が都内にいくつあるかわからない。

この状況で乾杯、おめでとうと言われたところで、緊張が増すだけだ。

馴染みのある二人に東宮が加わっただけとはいえ、明日香にとっては生き地獄だ。

こんな心労しか感じない祝賀会、あってたまるか！　と叫びたい。

「今日は驚かせてごめんね」

「いえ……」

本当にそう思うなら、ほっといて。

明日香は東宮と目を合わせまいと、半ば無理矢理隣に座る香山に視線を向けていた。

「初日からけっこう大変そうだったから、異動を決めた責任者としては、愚痴でも文句でも聞こうかと思って」

「そんな……。どこの職場にも多少の問題はあるでしょうし、愚痴や文句なんて」

せめて全然違う話をしてくれればいいのに、主役が明日香で、昇進のお祝いとなると、やはり自然と仕事の話になってしまう。

「嘘。君とは一度、制服抜きで話してみたかったんだ」

「え？」

そうかと思えば突然ニコリと微笑まれて、明日香は胸がきゅんとなった。

「とはいっても、まずは同じホテルマン、サービスマンとしてだけどね」

かつてないほどの警戒心、誰にも感じたことのない圧迫感。

それを笑顔から受ける相手はそうそういない。

「東宮副支配人」

明日香は高鳴る鼓動を抑えるように、手にしたグラスを空にした。

そのたびに誰かがお代わりを注いでくれたり、好みのカクテルを注文してくれたりするので、駆けつけ三杯どころではなくなってしまったが、今夜はいつになく喉が渇いたのだ。

気が付けば明日香は、かつてないほどのハイピッチで飲んでしまい、東宮や香山たちが本格的に仕事の話をし始めた頃には、かなりできあがっていた。

「とにかく、今の時代はネットでの口コミの影響もあって、個人の印象だけで評価が大きく変わってしまうから、油断がならないですよ。どんなに一人一人が気を配っても、ひょんなことでお客様の機嫌を損ねてしまったら、そこばかりがクローズアップされてしまう。すべての人に同じサービスを提供したところで、受け止め方によって印象も変わるし。今はいろんな業界でサービスが行き届いているから、サービス業と言われるところへの評価はかなり厳しいですしね」

しかしこんなときでも、いや、こんなときだからだろうか、東宮は持ち前の向上心と貪欲さを堂々と晒《さら》していた。

この道のプロであり、また大先輩でもある香山たちと同じ時間を過ごす以上、少しでも今後のホテル経営に役立てよう、何かを得て帰ろうとする姿勢は、黒服を脱いでいても、まったく変わらない。

「本当に、どこまでサービスを良くすれば、お客様が満足するホテルになれるんでしょうね」

知らない者たちが見れば、オンオフの切り替えが悪いと眉をひそめるかもしれない。

だが、ここにはそんな者は一人もいない。

香山たちにしても、明日香にしても、こんな東宮に好感を抱くことはあっても、嫌悪するなどあり得ない。

「それは、違う気がします」

話の矛先が自分から逸《そ》れ、サービス業界全般の話になったことで、明日香もようやく口を開いた。

「ん?」

「与えるだけのサービスを良くするんじゃなくて、相手が求める良質なサービスを提供することこそが、本当のサービスじゃないんですか」

誰に向かって話しているのか、よくわからないところまで酔っていたが、こんな状態だからこそ、本音が漏れる。

「まあ、これは香山で教わったことですが、やっぱりサービスに当たる人間の心技の向上、これが一番な気がします」

明日香が求めるサービスのあり方が、改めて発せられる。

「粗相がなくて当たり前だと胸を張れるだけの、基本的な接客と配膳の技術。自然に相手の立場に立って考えられるサービス精神。なんでも与えればいいというものではなく、相手がどうしてほしいのか、どうしたら心から喜んでくれるのか、それを常に、自然に考えて行動に移せることが大事なんじゃないかと思うんです」

余計なことは言わないが、たった一日二日和室にいただけで、かなり鬱憤《うっぷん》もたまっていたのだろう。

「大げさなことではなく、心からの気遣い。思いやり。そして笑顔。そういったものが、営業とは関係なく出てくる。人の喜びが自分の喜びになるようなスタッフの育成こそが、お客様にとって一番のサービスになるんじゃないでしょうか？」

そして、こうして今口にしていることこそが、今後の和室の課題になる。

明日香の眼差しはいつしか、三人の誰も見ていなかった。

たとえ目には映っていても、明日香が脳裏に思い描いているのは、和室の社員たち、そしてスポットたちだ。

「結局は、原点か」

「はい。あ、私ごときが、生意気言ってすみません」

それでも、東宮に溜息をつかれると、一瞬我に返る。

「いや、こういう意見交換をダイレクトにしたいから、君と話したかったんだ。君は現場に出ている社員のこともスポットのこともよく見ている。何よりお客様一人一人を見ている人だから」

こんなときに極上の台詞《せりふ》と笑顔を向けられたものだから、明日香の酔いが一気に回った。

「そんな。それは、東宮副支配人のほうですよ。常に自分からフロアに出て、裏まで見て回って。東宮副支配人ほどの立場でここまでマメな方って、珍しいと思います。私自身は初めて見ました し――ねえ、社長」

逃げる先がなくて、ついつい隣の香山に懐《なつ》いてしまう。

「けど、現場の者たちは、もっと信用してくれって思っているかもしれない。そんなにうろうろしないで、デスクルームにいろって」

「そんなことはないですよ。少なくとも宴会課のみんなは、東宮副支配人が現場主義ってわかっているから、いつ来られても歓迎ムード一色です。それに、東宮副支配人ほど華やかな方なら、フロアにいらっしゃるだけで、ホテルの格が上がって見えます。フロアが、お城の広間に見えますから」

会話自体は東宮と交わしているのに、身体のほうはどんどん香山に傾いてしまい、もはやさりげなく支えられている状態だ。

「お城の広間はいいな。ずいぶん高級な執事《バトラー》だ」

「執事なんてとんでもない。王子様に決まってるじゃないですか」

「――ぷっ」

突然「王子様だ」と言われて面を食らっている東宮を見て、香山が吹き出した。

「何がおかしいんですか、社長。東宮副支配人は女子社員や女子スポットの憧れの的なんですよ。部屋で言うなら、一泊八十万のラグジュアリー・スイートです。だからこそ、眺めて溜息つくのが精いっぱい。いつか泊まってみたいと思っても、夢のまた夢なんですけどね～」

どうやら、いつの間にか限界を超えていたらしい。

つい先ほどまで、真面目に仕事の話をしていたはずなのに、一人で勝手に世間話に花を咲かせ始める。

目の前に東宮がいることさえ丸無視で、香山の腕を掴んで、一喜一憂していた。

「あーあ。完全にできあがってるよ。こいつ、こんなに弱かったっけ？」

「いつになく緊張して飲んでたから、そのせいだろう。そうでなかったら、始発の時間までガンガンに飲む口だって」

それでも香山も中津川も、笑って「しょうがないな」と受け止めていた。

何かと理由をつけては仕事上がりに飲み会をしている事務所なので、こんなことは日常茶飯事だ。

それに、今日は、自分たちが悪酔いしても仕方のない状況を作ったという自覚もあるので、すべてにおいて寛大だ。

香山など、着ていたシャツの腕に口紅を付けられても、「あーあー」で済ませている。

むしろあとから、これをネタにからかってやろうと中津川と企む始末だ。

しかし、そんな仲むつまじい社長と元社員の関係を目にした東宮は、手にしたグラスの中身を一気に呷《あお》った。

「なら、伊藤さんはどうなの？」

空になったグラスを置くと同時に、卓上に乗っていた明日香の手を取る。

「はい？」

「君も、みんなのように眺めてくれてるの？　少しぐらいは溜息もついてくれてるの？」

ギュッと握り締めて、問いかける。

これに驚いたのは明日香ではなく、むしろ同席していた香山たちだった。

「そりゃもう、山ほど。昨日は覗き見してたら、気付かれちゃいましたけど」

「へー。ってことは、案外お互い似たり寄ったりだったのかな？」

「何がです？」

明日香自身は、意識が半分以上どこかへ行ってしまっていて、クスクスと笑いながら、かなり無責任な応対をしている。

「私も……。いや、俺も現場に顔を出すたびに、何度となく溜息をついていた。君の傍にはいつも岩谷課長がいて、親しげなスポットたちがいて。話す機会といえば、昨日今日みたいに、憎まれ役ばっかりだったから」

だが、酔っぱらい相手とわかっていても、東宮は真剣そのものだった。

「こんなところで言うことじゃないのはわかってるけど、俺は好きなんだ。君の仕事も君自身も。よかったら、付き合ってほしいと思ってる」

とうとう告白までした東宮に、思わず飲みかけの酒を噴き出しそうになったのはやはり香山たち。当の明日香はケラケラと笑っている。

「は⁉　冗談はやめてくださいよ。しかもそんな、夢みたいな冗談！」

「冗談でこんなことが言えるわけがないだろう。香山さんたちの前で」

そうだそうだと頷くのは、いきなり立会人だか証人にされてしまった香山たちだが、ここまできて、二人もようやくピンときた。

この男、はなからそのつもりだったんじゃ⁉

あえて元上司である香山たちの前で告白することで、自分が本気だということを、明日香ではなく、保護者的な二人に理解させせようとしたのでは⁉　と。

「伊藤明日香さん、どうか俺と付き合ってください。お願いします」

どんな思惑があったのかは、東宮自身にしかわからない。

ただ、話が転がるきっかけを作ったのは、やはり明日香本人だろう。

どんなに酔った勢いとはいえ、面と向かって「王子様」だの「憧れ」だのと言われたら、「この女、自分に気があるな」と思うのは当然だ。

もともと東宮のほうにも気があったとしたら、こんなチャンスを逃すほうがおかしい。

それこそ、据え膳食わぬは男の恥だ。

「あ、はい。私でよければ」

そして明日香は、告白のためか、酒のためか、頬を紅潮させると、東宮からのお願いに応えた。

「――よかった」

しかし、東宮がホッとしたのもつかの間、明日香はそのまま身を崩す。

完全に香山のほうにしなだれかかると、その場に倒れ込んで意識をなくしてしまった。

＊＊＊

この仕事を始めたときから、三日に一度は飲み会という日々を過ごしてきた明日香は、見た目に寄らず酒豪《しゅごう》だった。

鍛えられた肝臓は今では明日香のサービス精神並みに立派なものになり、酔っぱらいの面倒を見ることはあっても、見られることはまずない。

たとえ疲労と睡魔に襲われて、寝入ってしまうことはあっても、気持ち悪いとか頭が痛いといった台詞《せりふ》は口にしたことがないほどだ。

今夜も明日香は、倒れはしたが、そのまま心地よく熟睡した。

いつの間にか上質な寝具に包まれて、これ以上ない天国気分も味わった。

そうした至福の中で見た夢は、人には言えないほど乙女チックだった。

(何だろう？　これって白昼夢？　それとも私、自分でも気付かないうちに家に戻ってベッドに入ったの？　東宮副支配人から告白されるなんて……夢みたい)

陳腐といえば陳腐だが、明日香は職場の一角で、東宮から「ずっと好きだった」と告白された夢を見たのだ。

(ううん、こんなの夢でなければ、ありえないわ。これまで仕事の話しかしたことないのに……)

そして、明日香が恥ずかしそうに「はい」と答えると、優しく抱かれて、目眩《めまい》がした。

そのまま額にキスをされて、次は唇にと思ったところで、ハッとする。

「いけない……、次の披露宴のグラス上げてこなきゃ」

やはり、どんなに乙女な夢でも、告白の場が職場だったことが災いしたのだろう。明日香は東宮を押しのけ、仕事に向かった。

もしかしたら照れくささもあったのかもしれないが、唖然《あぜん》する東宮を尻目に、テキパキと仕事をこなしていく。

「凛子……、悪いけど、お茶出し行って……」

律儀に指示まで出して、夢だというのに、普段どおりの仕事風景だ。

これだから、寝たはずなのに疲れが取れない、かえって疲れたなどという目覚めがあるのだろうが、それにしたって寝ても覚めても仕事だ。

夢の中でぐらい〝余裕のある仕事〟でもいいだろうに、「あと五分よ、みんな急いで」と慌て始めるあたり、日頃の苦労が窺《うかが》える。

明日香は夢の中でも大忙しだった。

「鶴、亀、ドア引き行って。迎賓――っ!!」

ただ、あまりにはっきりした寝言に驚いたのは、飛び起きた明日香本人だった。

さすがに洋室での仕事が長いためか、夢も洋室設定だった。

この半年間、精魂込めて務めてきた大広間での披露宴。これから部屋の外に待機する来賓を迎え入れ、さあスタートだというところで目が覚めたのだ。

ある意味、注文したケーキが出てきて、いただきますと言ったところで夢だと気付く残念さにも似た余韻が明日香を包む。

明日香はしばらく放心していた。

(って、ここ、どこ？　ラグジュアリー・スイート？)

次第に周りの景色が見えてくる。

明日香はホテルのＶＩＰルームかと思うような豪華な寝室で目覚めて、困惑した。

（まさか、社長宅？）

最高級のテンピュールが使われているだろうベッドは、クイーンサイズだった。

スタイリッシュなモノトーン家具は、北欧系のブランドのものが多かった。

とてもモダンでおしゃれで、ベッド周りだけを見るなら、やはりホテルの一室かと思ってしまう。

しかし、ベッド脇に置かれたソファには、明日香以外の誰かがいた。

（――えっ、東宮副支配人!!）

これが香山や中津川なら、驚きはしても、まだ納得の範囲だ。付き合いも長いし、酔いつぶれた明日香を放っておけず、家に連れてくるぐらいのことはしてくれるだろう

だが、毛布一枚だけかけて横になっていたのが東宮とあって、明日香は上げそうになった悲鳴を咄嗟《とっさ》に自分で抑えた。

（嘘。どうして……。もしかして、私何かやらかした？）

どうしてこうなったのかが、まったくわからない。

（酔った勢いで迫ったとか、押しかけたとか、最悪吐いて倒れたとか!?　いや、どんな理由にしたってまずいでしょう!?　これって。いや、もしかして、社長たちもいるかもしれないし）

想像できることはすべて想像してみるが、それでもあたりを見回せば見回すほど、明日香の想像は裏切られていく。

（二人きりだ――どうしよう）

今更だが、この状況が怖くなって、ベッドの上でオロオロしてしまう。

（なんかお腹も痛いし、いっそこのまま黙って逃げちゃう？　荷物は？　私のバッグはどこ？）

「ん……」

（って、ひゃっっっ）

いきなり寝返りを打った東宮にやっぱり悲鳴を上げそうになって、またもや両手でしっかりと口を塞ぐ。

（あ、肩が……）

そんな明日香をよそに、東宮はまだ夢の中だった。

身体を返した弾みで毛布がずれると、隙間から覗いたシャツが、昨夜と同じだとわかった。

ようは、明日香をベッドに運んだあとに、自分もそのままソファで横になってしまったのだろう。

それにしても絵になる男だ。

男の仮眠姿など、休憩室で見慣れているはずなのに、東宮のそれは何かが違った。

心配と好奇心の双方に勝てずに、明日香はベッドを下りると、東宮の毛布をかけ直しに行く。

（綺麗な寝顔。俳優のグラビアでも見てるみたい）

寝乱れた前髪をそっとかき上げる。

改めて近くで見た東宮の寝顔は、明日香の心臓を鷲づかみにした。

誰かの寝顔にときめいた覚えなどこれまでない。

（謝罪しなきゃ。飲みつぶれたことも、面倒をかけちゃったことも、ベッドを借りたことも。万が一、私なんかと噂をたてられたら申し訳ないし。岩谷課長なら笑って済むけど、そういう次元の相

手じゃないわ）

　現実と夢の狭間で心が揺れる。

　これ自体も夢かもしれないと疑いながら、そうでなかったときの謝罪を必死で考える。

（でも、ああ……でも。このまま眺めていたい私って、なんて迷惑な女）

　明日香は、東宮を起こすことができなかった。

　かといって、黙ってこの部屋から出ていくための行動も起こせない。

（黒服もいいけど、ラフな普段着もいい。かっこいい人なら、他にもたくさんいるのに、どうして彼だけ違って見えるんだろう？）

　自問するも、答えが得られないまま、ジッと寝顔ばかりを見てしまう。

　すると、しっかりと閉じられていた東宮の瞼《まぶた》が、突然震えた。

「――あ、おはよ」

　ゆっくりと瞼が開く。東宮はその瞳に明日香の姿を映しながら、まだ眠そうに挨拶をしてきた。

　こんなルーズな声や姿は知らない。

　明日香はこの瞬間の東宮が、彼の素の姿であることを実感する。

「お、おはようございます」

「ごめん。今、何時」

「まだ、六時前だとは思います」

　職場では決して見ることのない姿に緊張して、しどろもどろになった。

「そう。目覚ましも鳴ってないのに、早起きなんだな。いつもこの時間？」

徐々に口調がはっきりとしてきた東宮が、身体を起こす。

ソファの足元のほうに座り込んで見ていた明日香を逆に見下ろし、ニコリと笑った。

「だいたい……は。みんなと飲んで帰ることが多いんで、朝お風呂に入るために」

三方を囲まれた昨夜の飲み会よりも、緊張するのは何故だろうか？

東宮があまりにラフすぎるからか、それも自分の中に変な期待があるからなのか、それさえよくわからない。

わかっていることはただ一つ。明日香がこれまでにないほど東宮を意識しているということだ。

東宮を上司としてではなく、完全に一人の男性として見てしまっている。

「なら、今日はここで済ましていく？」

「はい？」

「朝風呂」

しかし、笑顔で繰り出されたジョークが、あまりに破壊的で、明日香の戸惑いが吹っ飛んだ。

「っ――やっだーっ。もう、東宮副支配人ってば、朝から冗談きついんだから。というか、申し訳ありませんでした！　ごめんなさい！」

一気に目が覚めた。

「何が？」

「いえ、あの……。昨夜、私……何かやらかしましたよね？　そうでなければ、今、ここにはいませんものね。本当に、ごめんなさい。すぐに退散しますので、どうかお許しを！」

逆に戸惑う東宮に、明日香はその場で三つ指をついて頭を下げた。

土下座というよりは、礼だ。

明日香のそれは芸道の挨拶のような美しい姿勢に加えて、どこか茶目っ気がある。

「ちょっと待った。それ、本気で言ってる？　もしかして、昨夜のこと全然覚えてない？」

「いえ、社長と専務と東宮副支配人と飲んで、熱くなったことは……。その、サービスの向上がどうこうとか、口コミがどうこうとか……は。ただ、どのあたりでブラックアウトしたのか……。本当にごめんなさい。私、吐いて倒れて、ご迷惑をかけたんですか？　酔って絡んで、ここまで押しかけたんですか？　よりにもよって東宮副支配人をソファに寝かせて、ベッドを占領して。いったい、何をしたんでしょうか？」

慌てる東宮もなんのその。ここまでくると、かえって恥ずかしさも気まずさもなくなってくる。

笑ってごまかそうという余裕まで出てきて、明日香は今後も関係を維持するべく、極力明るく振る舞った。

「告白。俺のことが好きだって」

だが、それがおもしろくないとばかりに、東宮が言い放った。

「!?」

「あとは、キスもしたかな」

「!!」

東宮はツイと顔を背けて、あからさまに機嫌が悪そうにしている。

明日香は衝撃が大きすぎて、言葉もない。ただただその場で硬直している。

「あんまり熱烈に口説かれたから、俺もその気になってOKしたのに、部屋に来た途端にダウン。これってけっこうひどい据え膳だよね」

すると、溜息混じりに視線を戻して、東宮が顔を近づけてきた。

「でも、そういうところも伊藤さんらしいかなと思って、起きてからのお楽しみにしておいたんだ。だから聞いたんだよ。ここで朝風呂入っていく？　って。なんならこれから一緒にどう？」

不意に、明日香のやわらかな黒髪に手をかける。

「いや、え!?　ちょっと待ってください！　私が告白したんですか？　迫ったんですか？」

一度は振り切れたはずの緊張が倍になって返ってきた。

そんな馬鹿なと言い切れないところが、最大の弱点だ。

酔って記憶がないというのが、こんなに怖いものだとは知らなかった。

「何、それって俺が嘘をついてるって言いたいの？　それとも単に、昨夜の告白は酔った勢いで、誰でも良かったってこと？」

「そんな、滅相もない。誰でもいいなんて付き合いはしたことがないし、そもそもここまで酔ったことないですし。でも」

かなり飲んだ覚えはあるので、酔っていたことは間違いない。

その上自分が東宮に対して好感と、憧れを持っていたことも事実だ。

それに何らかの形で変なスイッチが入り、おかしな告白に繋がって、ついには迫ったと言われても「そんな馬鹿な」とは否定できない。

だが。――それでも「そんな馬鹿な」という思いが振り切れないのは、相手が東宮だからだ。

「でも、何？」

「だからって、そんな……酔っぱらいの戯《ざ》れ言《ごと》に、東宮副支配人がＯＫしちゃうのは、違う気がして」

明日香には、どんなに自分が迫ったところで、東宮が応えるとは思えなかった。

「どうして？　俺だって、年相応の男だけど。聖人君子じゃあるまいし」

たとえ彼の言うとおりだったとしても、それなら尚更職場とは離れたところで相手を選ぶような気がした。

本気ならばもっと素敵な女性を。

そうでないにしても、仕事に差し支えのない女性を。

いずれにしても、明日香は不適当だ。東宮に似合うとは思えない。

だとしたら、東宮が勘違いをしているのかもしれない。明日香はそう考え、肩をすぼめながらも彼を否定し拒み続けた。

「それなら尚更です。たとえ、女に恥をかかせちゃいけないとか、同情とか、一回ぐらいならいいかっていうノリだったなら、余計にごめんなさい。私、そういうの無理なんです」

こんなことになるなら、何をしてでもあの店から逃げ出せば良かった。後悔ばかりが湧き起こって、目頭が熱くなる。

一瞬どころか、終始ときめいていたせいで、悪酔いに向かった自覚があるだけに、尚更思う。

「つまらないとか、堅いとか、大した女でもないのにもったいぶってとか思うかもしれませんが、東宮副支配人とそんなことになったら、きっと、仕事にならなくなります。少なくとも、出社できなくなります」

二十六の女なんだから、アバンチュールのひとつぐらいいいじゃないかと自分でも言いたい。

しかし、それはあくまでも〝自分にはできないから〟思うことであって、自分の身に降りかかるとなったら別だ。これだから彼氏を作るきっかけさえ巡ってこないんだとしても、今はそこに重きを置いてないのだから仕方がない。

明日香にとっては恋愛で得る快感よりも、仕事で得る快感のほうが大きかった。

これを駄目にしてまで恋愛したいとは思えないし、ただのセックスなら尚更だ。

いまだにそれがどんなものなのかわからない自分がどうこう言う気はないが、いずれにしても明日香にとって目の前の甘いひとときはデメリットが大きすぎて、受け入れることができなかった。

「それなら、何もないまま、生意気な上に、なんて迷惑な女だったんだって思われてるほうが、まだいいです。せめてものお詫《わ》びも込めて、仕事で返そうって思えるほうが………、何倍も」

理由はすべて口にしたとおりだった。

おかしな告白をし、無礼千万な行動を起こしたと知ったあとでは、どこまで職場で態度を変えずに済むのか、正直自信がない。だが、この上未遂だったという現実までなくなったら、それこそ逃げ場がない。

辞令をもらったばかりだというのに、辞表を書かなくてはならなくなる。

こうして東宮に謝っているうちに早くも心が折れそうになってきて、明日香は「もう、下手な言い訳よりも辞表のほうが手っ取り早いか」という心境になってくる。

「――っ、ごめん。ごめん、伊藤さん。嘘だから。冗談だから」

すると、そんな明日香の激白に、東宮は急に焦って弁解してきた。

「？」

「いや、全部が嘘じゃない。冗談でもない。好きだ、付き合ってほしいって告白したのは俺のほうだから」

ポカンとする明日香に、本当のことを伝える。

おそらく東宮も、まさか〝ちょっと拗《す》ねてみただけの言動〟から、こんなに入り組んだ設定を勝手に作られ、挙げ句、話が仕事にまで及ぶとは考えていなかったのだろう。

「昨夜、いつになく伊藤さんが酔っていたのはわかってた。いきなり俺が同席したから、緊張したんだろうなってことも。ただ、そのせいか伊藤さん、香山社長や専務のほうに助けを求めるみたいに甘えてて……。つい、腹立たしくなってきて、我慢できなくなって、好きだ、付き合ってほしいって告白した。社長と専務の前で」

明日香は半信半疑という顔つきだった。

「ちなみ、伊藤さんが〝はい。私でよければ〟って言ってくれたから、ダウンした君を、俺が引き受けた。社長と専務には、明日になったら改めて本人に意思を確認するんでって断りも入れて。今夜は絶対に手は出しませんって誓ってから、解散した。なんなら社長に聞いてもらってもいいよ」

だが、こんなのは信じる信じない以前の問題で、香山たちに昨夜のことを確認する勇気など、明日香にはない。

ならば、説明されるまま信じるしかないのだろうか――

「ただ、ごめん。寝顔を見ていたら、我慢できなくて、キスだけした。もちろん、唇にじゃない。額に、一回だけど」

だとしても、明日香が一番「それは本当だろうか？」と首を傾げてしまう理由は、実は東宮自身の気持ちにあった。

誰もが恋焦がれる東宮が、よりにもよって自分に好きだと告白するなんて。

香山や中津川を証人に仕立ててまで、信じてほしいと言うなんて。

それより何より、寝顔を見てたら我慢できなかったって、誰のことだろうか？

キスしちゃったって、それはもうお伽噺《とぎばなし》の世界でしょう？

だって、東宮副支配人の前にいるのは、私よ。伊藤明日香よ。彼が私に向かってそんなことを言うわけがない。だとしたら、誰かと間違えて告白してるか、それとも朝方見た夢の続きなのか、どちらかでしょう？

そんなふうにしか考えられなくて、明日香はただただポカンとし続けてしまったのだ。

「怒った？　結局、酔ったところにつけ込んだだけじゃないか、卑怯者って思った？」

それでも明日香が東宮を悪く思うこともなければ、感じることもない。

をつく。

「よかった。なら、改めて——好きだ。俺と付き合ってほしい。もちろん、遊びでどうこうとか、一回ぐらいならどうこうとか、そういう意味じゃないよ。俺の恋人になってほしいってことだから」

すると、東宮は自分もソファから降りて、腰が抜けたような状態になっている明日香の前に片膝をつく。

まるで王子や騎士が姫に愛を誓うような仕草だ。

やっぱりこれは夢の続きだったのねと、一瞬安堵さえしてしまいそうなシチュエーションだ。

「それなら、仕事に差し支えはないだろう？　俺としては、伊藤さんみたいな恋人ができたら、これまで以上に仕事にも力が入るなと思ってるんだ」

だが、実際手を握られそうになると、明日香はリアルな感触を感じるのが怖くなって、思わず手を引いた。

「——駄目？　やっぱり、昨夜のＯＫは酔った勢い？　それとも、一方的だって怒ってる？」

再度手を差し出されるが、やっぱり明日香は手を引いてしまい、東宮の笑顔にヒビが入る。

「いえ、あの…………。そういうことじゃなくて、いまいち現実味がなくて」

「現実味？」

「はい。これなら、私が酔った勢いで告白したとか、迫ったとかっていうほうが、本当っぽいなって。だって、どうして私なんですか？　私なんて、特別見た目が良いわけじゃないし、おしゃれじゃないし。どっちかっていったら、ただの仕事馬鹿だし」

ただ、どうせ夢なら、何を言ってもあり？　と、明日香も自分の中に渦巻くもやもやを口にしてみる。

「仕事のこととなると、誰彼構わず噛みつくし。可愛げもないし。何より、東宮副支配人ほどの人なら、もっと素敵な女性を選り取り見取りでしょう？　なんかこう、この部屋に合うような女性が」

「それって、昨夜言ってた、王子様思考の延長？」

すると、東宮も自分の中にあっただろう戸惑いをぶつけ返してきた。

「え？」

「だとしたら、美化しすぎだよ。むしろ、そういう俺じゃないといけないのか、付き合ってもらえないのかって気がしてくるんだけど」

ただ、同じ戸惑いでも、東宮のそれには、〝怒〟の感情が含まれていた。

「そりゃ、職場にいるときは必要最低限の気配りはしてるよ。どこで誰が見てるかわからないし、上に立つ者として、まずは自分が率先して身だしなみにも、言動にも気をつけなきゃとは思ってる。それを苦に思ったこともない。それに、そういう俺に徹してるから、伊藤さんも話のわかる上司として、本音で話をしてくれるんだと思ってるから」

話も急に現実的なものになってきた。

「けど、だからって男としての理想像まで勝手に押しつけられても応えられないし、恋人のタイプまで決めつけられても困るって。それに、どうして私をって聞かれても、気が付いたらいいなと思ってたって感じで、はっきりとした理由なんて言えないよ。よくよく考えたら、職場で一番まともに仕事の話をしている女性って君なんだ。俺の周りは立場上、同世代から年上の同性が多い。他の子は仕事のことでは、まず俺に噛みついてはこないから、込み入った話もしないし、昨夜のような熱い話にもならないからね」

さすがに明日香も、ここまで本音を明かされたら、これが夢だとは思わない。

なぜなら〝彼がこんな愚痴をこぼすなんて、ありえない。きっと夢に違いないわ〟と思えば、それは香山配膳出身だというだけで、妙な妄信を明日香に抱くスポットたちと変わらなくなってしまう。

どうしてそこまで立派なイメージで固めるの？

何か、私のこと勘違いしてるでしょう？

そう聞きたくなった、あのときの状況と同じになってしまうからだ。

「ただ、改めて考えると、確かに最初は〝すごいな、この子〟としか思ってなかった。配膳人としての技術もサービス精神も、何よりコミ・ド・ランとしての手腕も。この子が百人いたら、うちの宴会課は間違いなく日本一だろうなって。だから、申し訳ないけど恋愛対象としては見てなかった。むしろ、岩谷課長といっしょくたにしていたと思う」

それに、これまでのことがすべて彼の本心だということは、意外に失礼なことも平気で言う東宮自身が証明してくれた。

正直と言えば正直だが、年頃の乙女を捕まえて、体育会系の三十代男と一緒にするのは、どうなのだろうか？

明日香は東宮から「最初は女としては見てなかった」とはっきり言われたことで、否応なしに現実味を覚えた。

「けど、君と岩谷課長が付き合ってるって話を耳にしたら、驚いたっていうか、そこで初めて君が女性だったってことを意識した。不思議なもので、一度意識すると見方も変わってきて……、彼が公私ともに君と一緒で、すごく充実してるんだろうなと考えたら、自然と嫉妬が湧いてきた。だから、岩谷課長とは付き合ってないって君がはっきり否定したと聞いて、嬉しくなった。そんなとき、普段と違う和装の君を見たら、いてもたってもいられなくなって……。これはもう、告白するしかないなと思ったんだ」

とはいえ、女として見てなかった明日香相手に、一転して恋心が芽生えたというのだから、東宮もかなり唐突な男だ。

何よりその立場のせいで、実は〝社内ではまともに女性と話もしてなかった〟というのにも驚かされる。

が、よく考えれば、これが〝高嶺の花〟ということだろう。女性たちが勝手に作って盛り上がっていた彼のイメージが、本人に近づくチャンスを奪っていたのだ。

好きになるには、手が届かない。

仕事の話をするには、恐れ多い。

皮肉な話だが、結局は明日香の怖いもの知らずなところと、仕事で妥協はできないという姿勢が、東宮の気を惹くきっかけになったのだろう。

「これでもまだ納得できない？　こう言っちゃ何だけど、肩書き取っ払って一人のサービスマンに戻ったら、見向きもしてもらえないかなって不安なのは俺のほうなんだけど」

そこまで言われると、明日香はなんだか東宮貴道という男の敷居がグッと下がった気がした。

ようやく顔を上げて、目を合わせる。

すると、先ほどついつい手が出た彼の寝乱れた前髪が、これまで以上に近しいものに感じられた。

東宮が明日香の寝顔にキスをしたというのも、もしかしたら、あんな気持ちだったのかもしれないと思えてくる。

「やっぱり香山社長たちを見てきた伊藤さんからしたら、俺なんか一人前のサービスマンどころか、一人の男としても見られないかなって」

そう、東宮は、自分でも言っているように、これまで女性陣が話していたような理想の男ではない。

ちゃんと弱いところも持っているし、どちらかと言えば普段は年相応の——それよりはちょっとしっかりしているかな、程度の男性だ。

「っ、そんな……。東宮副支配人は素晴らしいホテルマンだし、サービスマンです。口にしたことはきちんと実行されるし、常にお客様の立場に立って、サービスのあり方を追求されているし。だからこそ、私なんかって思ったぐらいですし」

「なら、俺でいいだろう」

「え!?」

いや、やはり知能犯的なところはあるか？

東宮は、明日香が気を緩めたところで、突然両腕を掴んできた。

「たぶん、このままだと堂々巡りになりそうだから、ここから先は余計なことはいっさいなしにしよう。まずは俺のこと、好きか嫌いかで答えて」

「え⁉」

そのまま力強く引き寄せられる。

溜息を誘う東宮の甘いマスクが近づいてきて、明日香の思考回路が壊されていく。

「どっち」

「す、好きです」

これはもう、誘導尋問の域を超えていた。

「なら、とりあえず付き合ってもいいと思う、思わない？」

「え、あのっ」

結局最後は、色仕掛けで堕《お》とされる。

「俺は伊藤さんと付き合いたい。正直言って、こうやって抱き締めたいし、それ以上のこともしたい。全部、俺のものにしたい」

「あのっっっ」

この状況で「ノー」と言えるぐらいなら、明日香も、これが夢かどうかなんて悩まない。

そもそも寝顔を見つめて、このままずっと見ていたいとは、感じないだろう。

「それとも俺の全部はいらない？　そういう好きじゃない？　制服脱いだら、どうでもいい？　一人の男としては、まったく魅力ない？　俺としては、君にも、俺の全部がほしいって思われたいんだけど。どう？」

ここまで来たら、明日香の返事次第で、すべてが決まる。

「っ、でも………、私でいいんでしょうか？」

「俺は君がいいの！」

いや、結局最後まで、東宮の一存かもしれないが——

「んっ！」

少し強引な同意のもとに交際が決まると、東宮は改めて明日香を抱き締め、唇を奪ってきた。

「んっ、ちょっ、東宮副支………っ」

東宮との初めての口づけは、悲鳴を上げるほど強引で激しくて情熱的だった。

夢だと思って受けた額へのキスは優しくて、穏やかで、どこか照れくささえあったのに、それがまるで嘘のようだ。

「それ、今日から変えよう。二人きりの時は名前で呼ぶから、そっちも名前で呼んで」

唇だけではなく頬や額にも次々にキスをされると、一気に全身に血が巡り、明日香は頬から何から真っ赤になった。

「っ、そんないきなりは、………無理っ」

何もかもが急すぎて、どう対応していいのかもわからない。

ただ、触れてくる唇の感触が生々しくて、耳に絡む甘い吐息が悩ましくて。

明日香は欲情してくる自分を感じていた。

もう、夢でも何でも構わない。

いっそあなたの好きにしてと言ったら、楽になれるだろうか？

「――それって呼び方のこと？　それとも、この先のこと？」

東宮は、明日香の長い髪に指を絡ませ、唇を落とす位置さえ変えていく。

頬から外耳へ、そして首筋へ移動し、

「嫌なら嫌って言って大丈夫だよ。むしろ言って。そうでないと、歯止めが利かない。これでも意識し始めてからけっこう経ってるから、俺、正直言って飢えてるよ」

「っ…………」

鼓膜の奥から全身に震えが走りそうなほど、甘くて強気な言葉も放ってくる。

「いい？　明日香」

（東宮副支配人…………）

どんなに理由を付けても、東宮からの誘いはかわせない。

たとえ昨日までの気持ちが憧れからの好きであったとしても、今日の段階では恋しい好きに変えられている。

それほど素の東宮は魅力的だ。

雌を誘う雄としては、素顔のほうが圧倒的に上かもしれない。

「――はい」

ほしいと言われれば、拒めない。

逆に、彼が手に入るというなら、拒みたくない。

明日香は、覚悟を決めると、自分からも東宮に身を寄せた。

「よかった」

そうして、明日香は今一度東宮と唇を合わせると、その場に押し倒されるようにして身体を横たえた。

毛足の長い絨毯《じゅうたん》に身を預け、しばらくは互いの唇を啄《ついば》み、相手の存在や距離を確かめる。

(背が高い。腕も足も、こんなに長さが違うのね。それに意外とたくましい。着やせするんだわ)

重なり合うと、これまで意識しなかったことにまで、自然と気が向いた。

確かに彼は男で自分は女だが、こんなに圧倒されたことはない。

仕事を離れて、ただの伊藤明日香に戻ると、なんだかこれまで感じたことがないほど、自分が弱々しい存在に思えてくる。

逆を言えば、それほど東宮の存在が大きく、また強靭《きょうじん》なものに感じられるからだろうが、明日香はそんな彼と抱き合うだけで、意識が遠のきそうだった。

両手を彼の腕に添えるのが精いっぱいで、自分からは何もできない。

「…………明日香の肌って、綺麗だね」

腕に明日香が馴染んだ頃、東宮は乱れた明日香の黒髪を撫でつけた。

明日香の首筋に顔を埋めて、白い肌に舌先をはわす。

「ぁ………」

思わず漏れた甘い声に、明日香は自分のほうが恥ずかしくなった。

彼の唇が触れ、吐息がかかるだけで、身体には震えが走った。

ためらいがちに掴んでいたシャツをきつく握る。

「もっと、触れたい」

すると、東宮の手が初めて胸の膨らみに触れてきた。

身体を硬くし、唇を噛んで、明日香は紅潮した頬を隠すように、東宮の肩に顔を埋める。

「っ………っ」

衣類や下着を挟んでも、はっきりと彼の手のひらに包まれているのがわかる。

東宮の手はしなやかで綺麗だが、こうしてみるとやはり男の手だ。

明日香は、ますます自分が女であることを実感させられた。

「明日香」

東宮は、しばらく衣服の上から悪戯《いたずら》するように胸に触れていたが、次第にその手を下へずらすとニットのチュニックをたくし上げた。

直接明日香の肌に触れると、そのまま今度は下着の中を目指して、長い指先を潜《もぐ》り込ませてくる。

「――っ」

彼の指先が胸の突起に触れると、明日香は電流が流れたような刺激に身を捩《よじ》った。

「明日香」

それをよしとした東宮は、明日香の唇を改めて奪うと、その一方で胸の突起を弄《いじ》り、様子を窺《うかが》ってくる。

「んっ、んんっ」

キスだけでもどうにかなってしまいそうなのに、敏感な部分を弄られ、明日香は更に身を捩る。

これが嫌悪する感覚ではないことぐらい、明日香も知っている。

だが、歯列を割った舌先で口内まで攻められ、その上指の先で悪戯《いたずら》するように突起を弄られ続けると、明日香はあまりの性急さに戸惑った。身体のうずきが強まり、熱さも増した。

なんだかひどく自分の身体がいやらしくなったように思えて、逃げ出したくなる。

「全部、見ていい？」

しかし、身体に変化が表れているのは東宮も同じだ。むしろ明日香以上だ。

身体を重ねたときから、否応なしに重なる下腹部。そして、下肢。徐々に膨らみ始めた彼の欲望は、明日香の肉体より何倍も早く準備が整っていることを伝えていた。

本当なら、早くに先へ進みたいのだろうが、東宮は明日香を気遣ってくれてるのだろう、かなり自分を抑えているのが伝わってくる。

「いや、全部見たい」

それでも、もう限界か？

東宮は身体をずらし、明日香のチュニックをめくり上げた。

現れたブラジャーに手をかけると、力任せに押し上げ、姿を見せた形の良い乳房に貪《むさぼ》るように口づける。

「――っ」

きつく吸われて、全身に新たな快感が走った。

突起を丹念に吸われ、舌先で転がされて、そこから全身に向けてびりびりと痺れるような快感が広がっていく。

「あぁ」

味わったことのない、甘美な快感。

明日香は素直に流されかけた。が、そのときだった。

「待って」

明日香は下腹部に不快な鈍痛を覚えて声を上げた。

東宮の肩を強く押す。

「どうしたの？　やっぱり、嫌？」

こんなときにどうして生理に？

そうは思っても、明日香は東宮に対して、本当のことが言えなかった。

「いっ、いえ、そうじゃなくて」

そういえば、今朝は起きたときから特有の倦怠感《けんたいかん》があった。

周期がずれたこともないので、そろそろ来るだろうと思って、薄型のシートも二枚重ねにして着用している。

すべてが仕事中のミスに繋がらないための準備であり、女としての気配りだ。

そのため、ここで下着を汚すという失態はないだろうが、今回ばかりはそういう問題ではない。

「こんなときに、ごめんなさい。あの、お手洗いは、どこでしょうか」

「え？」

「嫌じゃないです。本当に嫌じゃないですけど、その……、生理現象には勝てなくて。昨夜の飲み過ぎも原因かもしれませんが……」

事実を伝えたほうが、変に誤解を招くことはないかもしれない。

だが、たった今付き合い始めた相手に、それも東宮相手に、明日香は「月のもの」とも「女の子」とも言えなくて、結局こんな説明になってしまう。

通常の生理現象が起こっている。しかも、ちょっとお腹を壊したかもしれない。だからトイレに行かせてほしい。そう訴えることしかできなかったのだ。

もっとも、この場合、果たしてどちらが恥ずかしいのかは、個人の価値観の問題だ。

明日香の中では、男女の隔《へだ》てなく起こりうることのほうが、きっと東宮にも理解できるはず！と思ったのだが、東宮にしてみれば、本当のことを言われたほうが、よかったかもしれない。

「あ、なら、リビング抜けて、すぐだから。連れていこうか？」

「いえ、そこまでしていただかなくても、けっこうです。本当にごめんなさいっ」

腕から逃げ出すように起き上がった明日香を見て、東宮はかなり落ち込んだ。

これまでこんな据え膳は食らったことはなかったが、昨夜明日香に酒を勧め続けたのは自分だ。

明日香が飲みに走った原因を作ったのも東宮だけに、自分を慰める言葉が浮かばない。

「あれ、でも………けっこう胸が張ってて、硬かったよな？」

その上、間違ってもこんな理由でトイレに逃げた理由を疑うなんて、絶対に明日香本人には明かせない事実だ。

「――あ」

時には鈍感ぐらいがいい。そんなこともあるものだ。

しかし、トイレに逃げ込んだ明日香の絶望感は、東宮とは比べものにならないほどだった。

（あ、やっぱり。もう、信じられない。どうしてこうなのよ）

少しでも前向きに考えるなら、寝ている間に東宮のベッドを汚すよりは数倍マシだ。

あのまま進めて、ごまかしようもない現実を彼に見られることを考えたら、更に数百倍マシかもしれない。

（そういえば、前にもこんなことがあったっけ）

いつもなら大概なことはポジティブに捉えられる明日香だったが、これに関しては過去に同様の傷があるだけに、いいようには考えられなかった。

〝いい加減にしろよ。どうせお前は俺のことより仕事なんだろう。いや、あの辞めていった社員のことばっかり気になるんであって、俺のことなんかどうでもいいんだろう〟

〝なっ、どうしたらそんなことになるのよ。そりゃ、小野崎《おのざき》のことは気になるわよ。だって、私が怒りすぎたから、辞めちゃったのよ。私が彼をホテルから追い出しちゃったみたいなことになってるのに、気にならないはずがないでしょう〟

当時、まだスポットとして入っていたホテルで起こった社員とのゴタゴタ。それに気をとられ、付き合って間もない彼氏をおざなりにしたがために、明日香は手痛い振られ方をした。

そのとき決定打になったのが、今日と同じ理由だ。

相手とはまだ、心身共にしっかりした関係ができあがっていなかった。だから今日と同じ状況になったときためらいが生じ、明日香は拒んだ理由が言えず、誤解を招いたのだ。

〝だったらそいつを追いかけるでも、なんでもしたらいいだろう。どうせ俺なんか、腰掛けのバイトだし、お前みたいに一流の配膳事務所にいるわけでもないし。そもそも俺のことなんか、はじめから大して好きでもなかったんだろう。だから、いざってなると、こうやって〟

〝なっ、そんなはずないでしょう。今日は、どうしてもそういう気になれないだけで〟

〝ふざけるなよ！　わけがわからねぇ〟

〝やっ!!〟

もちろん、相手が激怒し、強引に明日香を奪おうとしたのは、その日のことだけが原因ではない。短い付き合いの中にも、積もりに積もった不満があったからだ。それと同じぐらい不安もあったかもしれない。

〝お願い、本当に今日は嫌なのよ！〟

〝……なら、もういいよ。俺、お前と一緒にいると、惨《みじ》めな気持ちになる。終わりにしよう〟

〝――……っ〟

相手は就職浪人で、そもそも配膳の仕事もつなぎでやっていた。

そんな自分と明日香を比較し、いつしか好意よりも劣等感が増していったのだろう。

そこへ持ってきて、恋人としての時間や関係がまともに作れなかったこともあり、別れたあとは音信不通になった。

今ではどこで何をしているのかもわからない。

明日香もそれから恋愛に臆病になってしまい、それ以後は気を紛らわすように仕事だけに没頭した。

こんな思いをするなら、恋愛よりも仕事がいい。

恋人よりも仲間がいい。

女友達と一緒にいたほうがよっぽど楽しい。

自然とそう考えるようになり、今にいたっている。

(何してるんだろう、私。これだから見ているだけでいい、憧れるだけのほうが楽って思ってたはずなのに。きっとこういうのも、運とか縁とかって言うのよね。だとしたら私には、昔も今も男運がないってこと？　処女のまま息絶える典型かも)

何もこんなところで、過去の傷にまで苛《さいな》まれなくてもいいだろうに、明日香はトイレに籠もっているうちに泣きたくなってきた。

今更どんな顔でここから出たらいいのかもわからない。いっそ、しばらく立てこもっていれば、お腹の具合が悪いという言い訳の信憑性《しんぴょうせい》も増すだろうかと、馬鹿なことまで考え始める。

（でも、でも！　さすがに二度は勘弁してよ。こんな理由でまた嫌われるぐらいなら、丸ごと夢だったとかってオチにして。それぐらいしてもらわなかったら、立ち直れないって）

悲しいのか腹立たしいのかもわからない。

涙は出ても、悔し涙。自分の不幸が呪わしくて、泣けてくるといった状態だ。

しかし。

「明日香」

突然ドアをノックされて、明日香は「はい！」と応えるも声がうわずった。

こんな理由でふられるのも嫌だが、こんな場所で「もういいよ」と別れを告げられるのはもっと嫌だ。

「ごめん。時間切れだ」

だが、東宮から発せられたのは、思いがけない言葉だった。

「へ？」

「今日は早出だったのを忘れてたんだ。シャワーを浴びて用意したら家まで送っていくから、続きは後日ってことで」

「え？」

明日香の聞き間違いでなければ、東宮は怒っていないどころか、謝ってきている。

「それに、考えたら出勤前に着替えないとまずいのは、俺よりそっちだろう？」

「あ、はい。そうしていただけると大変助かります」

思いがけない間ができたことで、東宮も我に返ったのだろうか？

それともあれこれ考えるうちに、時間が経っていることに気付いた？

「本当に、こんな時にスマートにこなせなくて、ごめん。とにかく、シャワーを浴びてくるから、出かける準備して待ってて。君の荷物は、ベッドサイドのテーブルに置いてあるから」

「はい。わかりました」

どんな経過や理由があるのかはわからないが、明日香が命拾いしたことは確かだった。

(さ、さすがは仕事人ってこと？　色気より食い気より仕事が優先だった？　でも、でも、助かったーっっっ)

ホッして今度は気のゆるみから涙が溢れ出した。

トイレットペーパーをカラカラと音を立てて勢いよく引っ張ると、泣き濡れた顔をごしごしこする。

(――って、そんなはずないじゃない。うちのホテルに来てから、ずっと無遅刻無欠勤無早退。東宮副支配人が時間厳守の人だから、部下どころか、総支配人まで〝うっかり遅刻できない〟ってぼやいちゃうほどなのに)

ただ、冷静になればなったで、我に返るのは、明日香も同じだった。

相手が東宮でなければ、かけられた言葉を鵜呑みにするところだ。

(きっと、今のは優しい嘘だわ。そもそも起き抜けに時間を確かめてきたぐらいなんだから。トイレに逃亡したとしか思えない私に気を遣ったんだわ)

昨夜からさんざん引っ張られた挙げ句に、こんな扱いを受けたのだ。

東宮はいったいどんな気持ちだろう。

(呆れてるかな？　怒ってるかな？　やっぱり、つまらない女だったとかって思ってるかな)

ホッとしたのもつかの間、明日香はがっくりと肩を落として、トイレから出た。

言われたとおりに荷物を手にして、いつでもここから出られるように、寝室のベッド前に、ぺたんと座り込む。

もう二度と見ることがないだろう彼の部屋を眺めながら、時折ちらちらと壁にかかった時計を窺《うかが》い、出勤時間を意識することで、少しでも痛手をごまかそうとしていた。

「そういえば、家って北品川でよかったんだっけ？」

「はい――――っ!!」

だが、そんな明日香の視界に、バスルームから直行してきたであろう東宮が飛び込んできた。

腰にバスタオルを巻いただけの姿で、クローゼットの扉を開き、そのまま堂々と着替え始める。

「きゃっっっ」

せめて腰のタオルを付けたまま着替えてくれればいいものを、ハラリとタオルが床に落とされる。

「あ、悪い。着替え持っていくの忘れたから」

そんな説明はどうでもいいから、早く手にした下着を身につけてほしいと、更に声にならない悲鳴が上がる。

(きゃーっ、きゃーっ、きゃーっ)

だったら顔を背けるなり、背中を向ければ済むことなのに、明日香は動揺しすぎてか、両手で口元だけを隠して悲鳴を上げ続けた。

「何？　そんなに見るなって、照れるから。というか、次はそっちのを見せてもらうから。自分だけ見て、知らん顔はなしだからな」

これには東宮も「それにしたって、目ぐらいつぶれよ」と笑って見せる。

（あ、そうだった）

今更瞼《まぶた》を閉じたところで、脳裏にはしっかりと焼き付いていた。

一糸まとわぬ東宮のシルエットは、いやらしさよりも美しさを感じた。

均整の取れた筋肉質な肉体は、スリムではあっても男のものだ。

綺麗な逆三角形を描いた上半身から腰にかけてのラインは、まるでモデルのようだ。

（それにしたって、何が次よ。ってことは、今の、完全に確信犯ってことじゃない？）

さりげなく放たれた東宮の言葉は、憔悴《しょうすい》しきっていた明日香を一気に浮上、高揚さえさせた。

〝次はそっちのを見せてもらうから〟

からかいの言葉は始まったばかりの関係が、まだ終わっていないことを示していた。

次という言葉の中に未来がある。

（でも、こういうやりとり、嫌いじゃない。どっちかっていったら、好き）

これが彼の素なのか、意識した上での気遣いなのかは、今後付き合ってみなければわからない。

だが、目の前で身支度を整える東宮の姿を見ていると、両手で押さえた口元に、自然と笑みが戻ってきた。

(東宮副支配人がただの東宮貴道になると、こんなふうなんだって実感できて嬉しい)

いずれにしても今の彼の姿を、職場で見ることは叶わない。

これは東宮がプライベートだからこそ晒《さら》している姿であって、誰もが見られる姿ではない。

限られた付き合い、そして関係を持つ者だけが知るものだ。

(貴道さん……か。やだ、どうしよう。本当に好きかもしれない)

明日香はその後も黙って東宮の姿を目で追い続け、一秒ごとにこれまでの好きとは意味が変わっていくことを感じていた。

憧れだけで見つめていたときより、かなりラフな男だとは知ったが、それがかえって親近感を湧かせた。

それは心からの好きに繋がった。


記憶のないうちに運ばれてきた東宮の部屋から出る。明日香は彼の自宅マンションが、エストパレ・東京ベイからそう離れていなかったことに驚いた。

自分を一度家に送るという作業がなければ、まだまだ家にいても、間に合う距離だ。

ゆりかもめや地下鉄でも一駅程度だし、徒歩でも出勤できてしまう。どうりで東宮が車で出勤しているのを見たことがないわけだ。

周りを気遣い、あえて乗ってこなかったわけではなく、その必要がなかったに過ぎないのだろう。

「じゃあ、本当にごめん。今日の失態は、必ず後日、仕切り直して穴埋めするから」

「いえ、そんな。気にしなくても………」

明日香が借りているマンション、いや、アパートとも呼べそうなこぢんまりとした建物まで送ってもらうと、急に東宮に対する遠慮が蘇《よみがえ》ってきた。

シンデレラも魔法が解ける瞬間は、こんな気持ちだったのかもしれない。

「少しはそっちも気にしてくれ。いきなり今週は無理だろうから、来週の仏滅に有休を入れること。いい？　忘れるなよ」

「っ、はい」

しかし、東宮の仕事スイッチはいまだにオフのままだった。

職場では決して聞くことのない口調で新たな要求をすると、一度車を降りて、わざわざ助手席側に回り込む。

ドアを開くと、車から降りる明日香に手を差し出した。

「それじゃあ、また」

明日香がその手を取ると同時に身体を屈《かが》め、チュッと唇にキスをしてきた。

「！」

こんなことをするから白昼夢かと思ってしまうのだ。明日香の顔は一瞬にして真っ赤になった。

それを見ると満足そうに笑って、東宮は車に乗り込み、走り去っていく。

(と、東宮副支配人………って)

商店街にほど近い住宅街の道路に、不似合いとしか言いようのないイタリアンレッドのジャガー、それもスーパーカータイプ。

だが、気障《きざ》なことをし尽くして走り去った王子様から発せられた言葉は、確かにホテルの宴会課をもり立てる副支配人のものだった。

(それにしても、来週の仏滅って)

「仏滅」。それは東宮との関係が夢でも魔法でもないことを実感させる最強のキーワードだ。

明日香は急いで部屋に戻ると、バッグから手帳を出して、六曜を確認した。

最近は仏滅でも気にせず結婚式を挙げるカップルがいるが、それでも大安吉日の人気は圧倒的だ。明日香のように結婚披露宴がメインで仕事をする人間にとっては、有休を取るにしても、平日の仏滅が一番取りやすいし、気兼ねもいらない。

東宮にしても、それは同じだ。

(えーと、今週の仏滅が明日だから、来週は丸一週間後。ラッキー。これなら生理も終わってる。って、そういう展開を期待してるわけじゃないけど——。少なくとも、同じ轍《てつ》は踏まないってことで)

とはいえ、あまりにできすぎた日程に、明日香は手帳相手に百面相状態だ。

(でも、これって……、どうなの？　飢えてるって言ったわりには、遠くない？　今夜にでもって勢いだったのに、まさかこっちの事情をわかってて、先延ばしにされたってこと？　だとしたら……)

一分もあるかないかという短い時間の中で、喜怒哀楽のフル回転だ。

(どんな顔して会えばいいのよ)

嬉し恥ずかしとはこのことだ。明日香は手帳に予定が入った印に該当する日にハートマークだけを書き込むと、こんなときだけは和室に異動していてよかった、大広間をメインに出没する東宮とは会わないで済むと胸をなで下ろした。

いつもなら憂鬱《ゆううつ》な生理期間が、まったく違ったものに感じられそうだった。

5

明日香が親友の蘭に東宮とのことをメールで報告したのは、仕事を終えて自宅に戻ってからだった。

さすがに今日の今日なので、東宮と帰りに会おうかということにはならなかった。

あとで連絡はするよと言われたが、よくよく考えると、明日香は東宮に携帯電話のアドレスもナンバーも教えていない。

そうなると、自宅の電話にかかってくるのかと、少しドキドキしたが、それより先に蘭からメールが入った。

今日、彼女は休みだったらしく、これからスカイプしようと返事が来たのだ。

明日香は喜び勇んで、ベッド上にノートパソコンを持ち込むと起動した。

電話代も馬鹿にならないので、こういうときインターネットはありがたい。

それにしたって、今の世の中は本当に便利だと思う。

地球の反対側にいる友人と、こうしてタイムリーに話ができるどころか、顔も見られる。

明日香はここぞとばかりに、蘭に話して聞かせた。

不思議なぐらい、彼女が相手だと、どんな話題が飛び出しても気にならない。

「ようはこれって、向こうもこの一週間で、なんらかの段取りを整えるから、私にも気持ちの整理をしておけ、次は逃がさないから覚悟しておけ――みたいなことなのかな？」

『当たり前よ。せっかく時間をもらったんだから、勝負下着ぐらい奮発しなさい。オススメはファンタスティックＨＯＵＲの妖精シリーズ。これぞ、女の戦闘着。寝間のウエディングドレスとまで呼ばれる国産最高峰のセクシーでプリティなランジェリーだから、これならいつどこで脱がされても恥ずかしくないわよ。ほらほら、私が今着てるこれがそう。いいでしょう』

蘭は、わざわざ上着の前を開いて、オススメの下着を映してくれた。

いや、何もそこまでしなくても。

と言いたいところだが、目にしたブラジャーは確かにセクシーなのに愛らしかった。

もともとモデル体型の蘭が着ているためか、下着の広告でも見ているようで、まったくいやらしさも感じない。

「どうしよう………。なんだか逃亡したくなってきた。こんなことなら、なし崩しに襲われちゃったほうが、楽だったかもしれない」

『馬鹿言わないでよ。そういうのは無責任！』

直に繋がっているだけに、相手からの罵倒《ばとう》も容赦がない。

蘭も明日香が相手なものだから、シートパックをしたままで言いたい放題だ。

おかげでどんなに怒られても、迫力は半減だ。

「――そうよね。子供じゃないんだから、誠心誠意応えて然《しか》るべきなのよね」

『そうよ。ここで培《つちか》ってきたサービス精神を発揮しないで、どうするの。女はいつの時代も、料理上手に床上手よ。実際上手くできないにしても、努力する姿勢だけは見せておかなきゃ』

気持ちの入った応援をもらううちに、今後成すべきことが見えてくる。

料理はともかく、床は上手い下手以前の問題だ。

交際経験がまったくないわけではないが、性交経験となると経験値はゼロだ。

「ああ、でもどうしよう。東宮副支配人の裸が頭にこびりついてて、変な妄想ばっかりしちゃいそう。寝顔だけじゃなくて、あんな姿まで見せるなんて、これって拷問よね。それとも私、変態度チェックでもされてるの？」

変に知識だけはあるので、妄想ばかりが先走る。

『んなの、健康な成人女性なら、誰だって妄想ぐらいするわよ。そもそも女は、妄想の生き物だし。だいたい、あれだけの男よ。寝てみたい男ナンバーワンよ。どこで誰がおかずにしてるかわからないんだから、気にするだけ無意味よ』

「――蘭。それって」

蘭の大胆発言には、思わず身を乗り出して、パソコン画面に問いかける。

『深く考えなくていい。ちなみに、私は王子様趣味じゃないから、安心しなさい』

蘭は、そんな明日香がおかしくておかしくてたまらないといった感じで、クスクスと笑う。

『とにかく、一週間じゃ覚悟が決まらない、不安だって言うなら、仕事で予定をぎっちぎちにしておくことね。たぶん、無駄な抵抗だと思うけど』

ようやくシートパックをぺらりと剥《は》がすと、ぴかぴかの美肌を見せつけながら、満面の笑みを浮かべる。

「それじゃあどの道、考えるだけ無駄ってことじゃないよ」

『まあね。けど、それがわかったなら、素直に浮かれてればいいじゃない。明日香のいいところは、素直に感動を表せることよ。せっかく憧れの君から〝好きだ〟って言ってもらったんだから、素直にありがとうって気持ちで、ニコニコしてればいいのよ。それが告白したほうにとっても、一番嬉しいし、安心できると思うしね』

だが、蘭のお肌の手入れはこれで終わりではない。

そこからさらにマッサージをしながら、高そうな美容液の導入だ。

明日香は話をしつつも感心してしまう。蘭が維持している美は、生まれながらのものではない。

こうして見ると、本人の日頃の努力が大きくものを言っている。

思えば、ずぼらだった明日香がスキンケアだけは力を入れるようになったのも、蘭の影響だ。

彼女は同性として見習いたい部分をたくさん持っている。

「――そんなもの？」

『だって、実際嬉しいんでしょう？　憧れの上司以上には考えられないっていうなら、論外だけど。でも、もしそうなら、その場で断ってるはずだものね。たとえ酔った弾みでも、ＯＫはしないでしょ』

「…………ん」

何を言うにも、するにも、必ず努力と実行力が伴っている蘭。

だからこそ、明日香は彼女の言葉に深く頷いた。

言われたように努力をしてみよう、そんな気持ちになれた。

『じゃあ、素直に喜んでおきなさい。笑う者には福来たるよ。と、時間だわ。でかけなきゃ。ごめんね、ゆっくりできなくて』

「ううん。いいのよ。ありがとう、蘭。気をつけて行ってらっしゃい」

明日香はスカイプでの話を終えると、パソコンを閉じて、ベッドにゴロリと横になった。

２ＬＤＫのアパートとはいえ、広さはバストイレまで合わせても十六畳程度。

東宮のマンションのリビングひとつに丸ごと呑み込まれてしまう大きさだ。

これを現実とするなら、やはり東宮の部屋は別世界だし、仕事で立ち入るぐらいしか縁のないホテルのＶＩＰルームみたいなものだ。

「素直に、喜んでおけばいい…………か」

日中職場で仕事スイッチが入った東宮を見たために、やっぱり夢だったのかもしれない。そう思いがちだが――

「そうよね。今更あれこれ考えたところで、どうなるものでもないし。だったら言われたとおりに、まずは来週の仏滅に有休入れるほうが先よね」

ただ、それでも蘭の言葉を受け入れるなら、これはこれで喜んでもいいのかもしれない。

万が一夢でも、見ているうちは喜び、味わっておくほうがいいと考えて、明日香はいったん起き上がると、パソコンをテーブルの上に戻した。

「いやいや。浮かれて粗相しないようにするのが一番だわ。せっかく仕事を通して好きになってもらったんだから、これまで以上に頑張らなきゃ」

そのまま備え付けのクローゼットを開くと、これからは行き帰りの私服にも気を配ろう、身につけるものすべてに気を配ることを愉《たの》しもうと思い、明日着る服を選んでいった。

「まずは預かった和室のサービスレベルの向上に努めなきゃね」

もちろん、一番肝心なことは、忘れなかったが――

＊＊＊

気が付けば土日を迎えていた四月の上旬、休憩室は、多くのスポットたちで賑わっていた。

「明日香さん、和室に行ってから、三割増しは綺麗になったよな」

「最初瀬川部長に、馬子にも衣装だって言われたってむくれてたけどね」

ここ数日、明日香の様子が明らかに以前とは違っていたことから、話題の内容もこれまでとは変わってきている。

特に今週は時期外れの異動もあり、話題の中心はもっぱら明日香だ。

「でも、それって瀬川部長にしたら、そうとうな褒め言葉だぞ。何せ瀬川部長は、普段スタッフのルックスには、まず触れないんだから。一人褒めたら、全員褒めないとクレームが出るからって。女だらけの部屋だから、本当に気を遣ってるらしいよ」

「徹底してるな。けど、それでも言ったってことは、本当に感動したんだろうな」

「そりゃね。私だって最初はきゃーきゃー言っちゃったぐらいだもの。けど、仕事に入った姿を見たら、もっと感動するわよ。まるで高級料亭の若女将《わかおかみ》かってぐらいの身のこなしなんだから。もうね、明日香さん一人入っただけで、和室のグレードが上がった感じ」

「いいな……。それ、見てみたいな」

それでも噂話に花を咲かせていた海斗や凛子たちスポットは、明日香と東宮が付き合い始めたことには、気付いていなかった。

一方、本日も朝から晩まで一室を二つに分けて、全部で五本ほどの結婚披露宴を切り盛りする明日香といえば――

「あ、野口さん。ちょっといいかしら」

「なんでしょうか」

「何かあった？　機嫌がそのまま接客に出ちゃってる気がするんだけど。気持ちが切り替わらないようなら、裏に回ってもらっても大丈夫よ」

披露宴二本を終え、部屋の片付けから次のお客様を迎えるセットをする変更中《ドンデン》、野口に声をかけていた。

「どういう意味ですか、それ。私に表に出るなって言ってるんですか？」

「そうじゃなくて、仕事は何も部屋での接客だけじゃないんだから、無理しなくてもいいってこと。頑張りすぎて粗相に繋がったら大変でしょう」

理由は一つ、簡単だ。

明日香の目から見て、野口はいつも不機嫌そうだったが、今日は普段以上にそれが目に付いた。本人に自覚がなくても、女性なら生理周期もかかわってくるので、そういったことなら無理な接客は避けて——という意図だったのだが、野口は憤慨を露《あら》わにした。

「無理なんかしてません。機嫌も悪くありません。もちろん、粗相もしません。でも、そういうこと言われたら、嫌でも気分が悪くなるんじゃないですか？」

「ならいいんだけど。ごめんね」

本人が平気だというなら、引くしかない。

明日香は謝罪してから、傍を離れた。

とりあえず注意は促《うなが》したので、本人が気を引き締めてくれれば、それでいい。

大切なのは自覚してもらうことだ。

明日香は野口の言葉を信じて、このまま次の披露宴も部屋での接客を任せることにした。

「細かい……。しかも、なんであぁ、いちいち上から目線なのかしら。香山出身ってそんなにえらいわけ？」

すると、そんな二人のやり取りを見ていた野口の同僚が、声をかける。

「しょうがないわよ。事実は事実だもの。香山出身はどこへ行ってもえらいのよ」

野口は下腹部あたりが重いのか、無意識のうちに帯の下をさする仕草をしていた。

「だとしても、香山にだってピンキリはあるでしょう？　いくらなんでも、香山のキリが一流のホテルマンやサービスマンより優れてるとは思えないけど。それに、絶対に粗相しないわけでもないだろうし」

「そうよね。絶対になんて、ありえないわよね。たとえ彼女が香山のピンだったとしても」

しかし、同僚の何気ない言葉がきっかけとなり、野口はさすっていた手を止めると、相手の着物の袂《たもと》を軽く掴んだ。

口元だけでニヤリと笑うと、相手も同じようにニヤリと返してきた。


洋室、和室の違いはあれど、基本的な披露宴の流れは変わらない。テーブル卓か座卓か、フロアか畳かという違いを除けば、内容そのものは同じだ。

しかし、明日香から見ると、この環境差が生み出す粗相の確率は、和室のほうが断然高い。

料理を配膳するに当たって、サービス側が立ったり座ったりを繰り返す。または中腰になっての接客も多い上に、和服は洋服に比べると動きを制限される。

よほど慣れた者でも気を抜けば粗相に繋がる。

特に土日しか入っていないようなスポットには要注意だ。

明日香の警戒心はここへ来てピークに達していた。

特に夕方以降に行われる宴は、スタッフ側にも疲労が出てくる。

それだけに、普段以上に気を配り、スタッフの機嫌と体調の良し悪しを見るようにしていたのだ。

「じゃあ、椀物入って」

「はい」

そうして始まった本日三回目の披露宴。明日香は自ら新婦側の友人卓の担当になって、接客に当たっていた。

料理の流れをコントロールしながら、時間内に全メニューに手を付けてもらう。

レストランや宴会のコース料理と違い、披露宴は限られた時間の中で、食事そのものにも満足してもらわなくてはならない。

披露宴だけに、しばしば〝飲食に集中できない時間〟や〝接待〟が来賓にも発生するため、こちらから気を配って食事に箸をつけてもらわないと、のちのち不満が出たりする。

それが親族であったりすると、結婚式を挙げた当人やその家族にまで、嫌な思い出話として残ってしまうことがあるからだ。

もちろん、押しつけや、急かした印象になるのもよくない。

「まいった……。私の卓、親族席なんだけど、半分以上が席にいないから、食事が全然進まないわ。下げるに下げられないし、次の料理が乗るまでに、どうにか食べてほしいんだけど」

「なら、空の折を配っていいわよ。席にいる方に、よかったら使ってくださいって言って、渡しちやって。そしたら、好きに詰めて持ち帰ってくれるから」

なので、明日香は卓を預けた担当者には、このように指示していた。

「いいんですか？　そんな折のサービスって、入ってましたっけ？」

「料金に設定されてないことを、本来はサービスって言うのよ。あ、他に挨拶回りやビデオ撮影、あと、食の細い方がいるような卓は、折を配っていいからね。希望される方にも。食事を残して、あとでもったいなかったってなるよりは、ご自宅で召し上がっていただくほうが喜んでいただけるから」

「――はい。わかりました」

全卓を自分が確認できるわけではないので、ここは担当者の判断に任せる。

こうすることで、来賓も担当者も、食事の進行でストレスを感じることがなくなるのだ。

「さてと。私も椀物行こう」

明日香は笑顔になったスポットに安堵すると、自分も担当している新婦の友人卓に椀物を運び始めた。

本来なら明日香ほどの実力であれば、高砂《たかさご》か主賓卓を担当するところだが、あえてそれをせずに新婦友人卓を選んだのは、ここが一番ミスの起こりやすい難しい席だからだ。

来賓の半分以上が振り袖の女性客で、小さな子供を連れた母親もいる。

当然、普段着ていない振り袖姿で、長時間の正座となれば、本人自体が失敗をする可能性が大きい。

そこに決して黙って座っていることのない子供付きとなったら、飲みつぶれが多発する親族卓より要注意だ。

「よろしければ、足を崩していただいても、高砂《たかさご》からは見えませんので、大丈夫ですよ」

明日香は、我慢していそうな女性客に、料理を出しながら、こっそりと耳打ちした。

「本当ですか？」

「ええ」

「ありがとうございます」

一人、二人、声をかけておけば、自然と全員が無理な姿勢は取らなくなるので、いざというときに、足がしびれて失態を演じる――というのは、避けられる。

せっかくの晴れ着に汚れでもついたら大変だという気持ちからの気配りだ。

披露宴においては最低限のマナーさえ守られていれば、そう堅苦しくならなくてもいいだろう。

それが明日香の考えであり、香山配膳時代に学んだことだ。

大切なのは限られた時間の中で、素敵な思い出を作ること。

それを間違っても、接客側の対応ミスで、壊してはいけないということだ。

「じゃあ、次はお造りと焼き物を続けて。ここは各自判断でお願いね」

「はい」

しかし、そんな披露宴のコース料理も中盤にさしかかったところだった。

「――!!」

盆に四人分のお造りを載せて運んでいた明日香は、背後から誰かに押されて、あやうく落としそうになった。

咄嗟《とっさ》に体勢を整え、踏みとどまったが、酔った来賓がいたわけでもないのに何故と思い振り返ると、そこには野口がいた。

「あ、すみません。ぶつかっちゃいましたか？」

「いいえ、大丈夫よ。気をつけて」

「は～い」

しかも、お造りから焼き物に変わったときにも、同様のことが起こった。

「失礼」

今度は野口と同期の女性社員だ。

さすがに明日香も偶然とは思えず、一応聞いてみた。

「もしかして、疲れてる？　もう少し周りを見てくれるかしら」

「すみませんでした。気をつけます」

まったく心のこもっていない謝罪に、奥歯を噛む。

嫌な予感が当たっていなければいいと思いながら空いた皿を下げ、裏へ戻ると、明日香は野口の姿を探した。

すると、料理を入れて運んでくるウォーマーの陰から、野口たちの声が聞こえてきた。

「さすがにしぶといわね」

「本当。普通なら落とすか、転倒してるのにね」

「悔しい。いっそ取り返しのつかない粗相でもして、いなくなればいいのに」

さすがに明日香も奥歯を噛むだけでは済まなかった。

「あなたたち」

この場で声をかける。

「はい。なんでしょうか」

「今日はもう、中はいいから裏に回って」

笑顔で指示を出すと、野口たちは顔つきを一変させる。

「は？」

「どういうことですか？　私たち主賓席担当ですけど」

「だからこそ、大切なお客様に迷惑をかけてからでは遅いでしょう」

そんなやり取りに気付いたのは、凛子。

「誰が迷惑なんて。ふざけないでください。だいたい、ここは私たちの部屋です。担当です」

「なら、部屋の中に私情は持ち込まないで。こう言えば、わかるでしょう」

「っ!!」

怒鳴るまではしないが、滅多に発することのない怒りに満ち満ちた口調で睨むと、野口たちは唇を噛み締めて、その場を去る。

怒るほうとて、気持ちがいいわけではない。

しかし、それを抱えたまま接客には戻れない。

明日香は一呼吸おくと、傍で見ていた凛子を見つめて、明るく声を発した。

「凛子、担当テーブル変更するから、私と一緒に主賓席のカバーお願い」

凛子は「はい」と返事をした。

が、それだけでは気が収まらなかったのか、珍しく明日香に向かって口を尖らせた。

「明日香さん、優しすぎ。いつもみたいに、がつんと言ってやればいいのに」

「――凛子」

「どんなときでも、お客様に迷惑をかけるような私情の持ち込みはするな。こっちは毎日のことでも、お客様にとっては、一生に一度のこと。特に披露宴は、粗相がなくて当然で、個人的な遺恨で粗相を誘うなんて、ありえない。表に出る資格以前に、サービスマン失格。やめちまえって」

いつかどこかで聞いた台詞《せりふ》だった。

それもそのはずだった。

「だって、少なくともスポットたちには言ってきたじゃないですか。サービスの意味がわからない、わかろうとしない人間には用がないから帰っていいって。私も海斗も、他のみんなも……。そういう明日香さんの本気を見てきたから、たとえ立場はバイトであっても、仕事はプロって思うようになったんです。少なくともお客様から見たら、私たちだってホテルの人間なんだからって、そういう自覚を持つようになったんですよ」

そう、これは東宮も言っていたことだが、明日香が香山にいた時代もよく言った台詞だった。

気の抜けたスポットや社員に対して、何度となくだ。

それこそ、たった今、野口に発したような、可愛い言い方ではない。

全身で憤慨を表すかのような、叱咤《しった》を飛ばしたものだ。

「なのに、いくら相手が先輩社員だからって、気を遣いすぎですよ。社員だからこそ、半端な気持ちで表に出るなっていうの。それも、誰が見たってあんなの明日香さんへの嫉妬です。ひがみです。本当、大した仕事もできない人ほど、プライドだけは一人前なんだから！」

ただ、それで本当にホテルを辞めていった社員が過去に一人いた。

明日香が元彼と別れた原因のひとつとなった事件だったが、それ以来、明日香も二度と「辞めちまえ」だけは言わなくなった。

どんなに腹が立っても自分を抑え、極力話し合いの形で相手を諭すようにはしてきたが、それでもどうしようもないスポット相手には「もう帰ってもいいわよ」ぐらいは口にした。

現場を任されるようになった明日香にとって、どんなに自分が恨まれても、言うべきことは言わなければならなかったからだ。

それでも、どんなに嫌な思いをしても、明日香が恵まれていたのは、それで本当に帰ったスポットが一人も出なかったから。

凛子や海斗をはじめとする先輩スポットがフォローし、また仕事終わりには、叱った相手を含めて必ず食事に誘うなどのフォローを明日香自身がしてきたことで、そのスポットも気持ちを切り替えてくれた。

次からはずいぶんと意欲的に通ってくれるようになる者ばかりだった。おかげで明日香が教え育てたスポットたちは、どこへ行っても歓迎されている。

仕事を認められて、名指しで呼ばれるようになった者も多く、それがまた本人たちのやる気を育てて、いいスポットが増えていく。

「ごめん、凛子。そう、怒らないで。もともと、私が上手く付き合ってこなかったから、コミュニケーションが取れてないだけだし」

「そんな、謝らないでください。私は明日香さんを責めてるわけじゃないんです。そもそも野口さんって、どうしてここにいるのかわからないぐらい、サービス精神の欠落した人です。そんなの、これまで一緒に仕事してきた私のほうが、よっぽどわかってるし。実際、年配組と折り合いが悪いのだって、そこが原因ですよ。こんなの適性の問題です。人事の見立てが悪いとしか思えないですから」

その分、凛子のように、厳しい目で現場の社員を見ているスポットも増えたということだが、これは喜ぶべきことだ。

たとえ野口たちがどう感じ、どう思っていたところで、仕事に対する真摯さは、どんな立場であっても不可欠だと思うからだ。

（はぁ……。まいった。なんか、私が来たことで、もともと入ってたヒビが大きくなってる気がする）

それにしても、今後のことを考えると、明日香は頭が痛かった。

接客中はどうにか耐えたが、次の披露宴に向けてのドンデンになると、我慢しきれずに溜息を連発した。

「伊藤」

「はい。なんでしょうか、瀬川部長」

「今から急いで大広間に応援に行ってくれ」

それにもかかわらず、耳を疑うようなことを言われて、眉間にしわが寄った。

「は？」

「至急、岩谷課長からのラブコールだ」

「意味がわかりません」

「いいから、とにかく行ってこい。お前も少しガス抜きしたほうがいいだろう」

二人のやり取りを見ていた野口は、ざまあみろと言わんばかりに口元を押さえて笑っている。

（いったいなんなのよ。応援っていったって、いちいち着替えなきゃならないのよ？　何を考えてるのかしら。あれだけ、和室と洋室の行き来は勘弁してって言ったのに）

まるで、和室から追い出されたような気持ちになり、明日香は怒り心頭でメインタワーへ向かった。途中でロッカーに立ち寄り、和服から洋服に着替え、髪型まで変えなくてはならない。こんな面倒なことはない。大広間へ向かう足取りさえ、怒りに満ちてくる。

「おう、来たか」

「どういうことですか」

岩谷の顔を見た瞬間、たった一言に全ての怒りを込めてぶつけていたのは、ここで吐き出さなければ、仕事にならないから。ただ、それだけだ。

「いいから、いいから。お前、この前オールウエーターになったせいで、好きなミュージシャンに会えなくてむくれてただろう。だから、少しだけど会わせてやろうと思って」

「は？」

しかし、そんな明日香に対して、岩谷は満面の笑みだった。

すでに大広間では、披露宴が始まっている。

こんな半端なところで呼び出されたこと自体が不思議でならなかったが、それには特別な理由があったということらしい。

「ただし、相手は本名で来てるから、間違っても騒ぐなよ」

「どういうことですか？」

「今やってる披露宴の新郎サイドの友人に、お前のお目当てが来てるってことだよ」

「本当ですか？」

すっかり忘れていた先週の屈辱。

だが、〝D〟へのファン心理まで忘れたわけではないので、とたんに明日香の顔に笑みが戻る。

「ああ。さっき挨拶に行ったときに、新郎から頼まれたんだ。一応、友人たちにも騒がないようには言ってあるけど、こっちのスタッフも、見て見ぬふりしてくれって。なんでも、親が無類の派手好き、見栄っ張りらしくて、友人に芸能人がいるってわかったら、無駄に騒ぐし、せっかく祝いに来てくれたのに、かえって気を遣わせせることとなるからって。それで、あえて伏せてるらしい」

「――あ、そうなんですか」

「だから、ほら。行ってこい。立食だし、中を一回りしながら、チラッと見るぐらいはできるから。

それで、ここのところのストレスを解消してくるんだな」

どうやら岩谷も、和室へ異動になった明日香のことを気にかけていたのだろう。

「瀬川部長から聞いたけど、やっぱり大変なんだろう？　大奥は」

「そんなことはないですけど。でも、ご厚意はありがたく。皿下げにかこつけて行ってきます」

もしかしたら、瀬川のほうから、何かと話が出ていたのかもしれないが。

なんにしたって、こうなれば、明日香もご機嫌だ。

中へ入るためのアイテムとしてサービストレーを持つと、迷うことなく新郎側を目指す。

(新郎サイド、新郎サイド………と。普段は派手な衣装を着てるし、メイクもバッチリだから、意外にすっぴんだとわからなかったりして)

立食式のパーティーだけに、すでに来賓は入り交じっている。

新郎側も新婦側も関係ない。

ましてや、大広間をめいっぱい使っての大披露宴。最低でも五百人は入っているだろう中から、たった一人を見つけ出すのは、至難の業《わざ》だ。

(あれ。シャレにならない。本当にわからないわ。どこにいるのかしら？　私、ファン失格!?)

明日香は〝D〟の素顔を見たことがなかっただけに、途方に暮れてしまった。

「伊藤」

「？」

すると、突然肩を叩かれ、明日香は振り返った。

「久しぶり。今日は、ここだったんだ？　偶然だな」

「はい？」

声をかけてきたのは、同い年ぐらいのイケメンだった。

長身でおしゃれで、肩まで伸びた茶髪が印象的だ。

礼服の着こなしも様《さま》になっているし、姿勢もいい。おそらく新郎側の友人。なおかつ明日香のことを知っているということは、配膳関係者かもしれない。実際、どこかで見たことがあるような気がする。

相手は自分を知っていて、自分も相手を知っている気がする。

なら、なぜはっきりと思い出せないのかと言えば、おそらくこの茶髪が邪魔をしているのだ。

そこに目が行ってしまい、明日香は彼の名前が思い出せないのだ。

「わからないか？　俺、小野崎大輔《だいすけ》だよ。マンデリン東京に勤めていた。以前、お前にぼろくそに怒られて、ホテルを辞めた根性なしの新人。やっぱりもう、忘れちゃってるか？」

悩む明日香に、相手のほうが自己紹介してくれた。

「っ……、嘘。あの……、小野崎？」

どうりですぐに思い出せないはずだった。

明日香にとっては、痛いだけの思い出。

気持ちのどこかで忘れたいと願い、実際何事もなければ普段は忘れている存在だったのだから、声をかけられたところで、すぐにピンとくるはずがない。

「そ。あの小野崎」

〝辞めちゃいなさいよ〟

ある意味明日香に、本気で怒れないというトラウマを作った男だ。

（で、だから、どうしろっていうのよ。ここで会ったが百年目ってこと？）

サービストレーを抱えたまま立ち尽くす。

声をかけてきた小野崎の意図がまるでわからない。

だが、そんな明日香を救ってくれたのは、本日の新郎だった。

「大輔、ごめん。親父にばれた。どうして祝辞をもらわないんだって、騒ぎ始めた。ったく、普段は芸能人やミュージシャンなんて、完全に見下してるくせして。実は有名人だってわかった途端に、掌《てのひら》返しやがってさ。ほんと、我が親ながら恥も外聞もないっていうか、腹が立つんだけど」

新郎は小野崎のもとまで走り寄ってくると、慌てたようにそう言った。

「そう言うなって。俺の親だって、一度は勘当だって言ったのに、売れ始めたら掌返したからな」

「それはお前、せっかく入ったマンデリンを辞めた上に、家業の旅館の跡取りまで放り投げたからだろう？　まあ、だからこそ、今の〝D〟があるんだろうけどさ」

このすきに裏へ引っ込もうとした明日香の耳に、衝撃の事実が飛び込んできた。

誰が〝D〟ですって⁉

明日香は手にしたサービストレーを落としかける。

「それより挨拶。こうなったら派手にしたほうがいいんだろう？」

「ごめん。なんか、見せ物にするみたいで嫌なんだけど。俺も嫁も、来てもらっただけで十分だし。何もこんな日にまで、お前を仕事モードにさせるのもさ………」

「気にするなって。俺は最初からパンダ扱いでもいいぞって言ってるんだし。それに、騒がれてナンボって仕事なんだから、ここで気付かれなかったら、かえって知名度の低さに落ち込むって」

「大輔……」

こうなると、もう何も見なかった、何も聞かなかったことにしようと、明日香はその場から撤退を決めた。

「あ、伊藤」

それにもかかわらず、腕を掴まれて、引き戻された。

「ちょっと、のんびりできなくなったんで、これ」

「——？」

小野崎はスーツの内ポケットからペンとメモを取り出すと、その場で携帯電話の番号とメールアドレスを書いて明日香に渡してきた。

「できれば近日中に連絡がほしい。俺、一度お前とはちゃんと話をしたいと思ってたんだ。あのときは何も言えないまま辞めたから」

こんなのいらない。連絡もしたくない。

そんな気持ちから断ろうとしたが、小野崎は強引にメモを手に握らせてくる。

「じゃあ。必ず、連絡よこせよ」

（…………っ、やばい。よりによって、あの小野崎が〝D〟だったなんて）

まさか、よもやと思ったところで、もう遅い。

どうして今の今まで気付かなかったのだろう。

普段〝D〟が派手な衣装やメイクをしているから？

今の長めの茶髪が、当時の短く切りそろえられた黒髪とはあまりに印象が違うから？

それとも〝D〟が素顔の露出をしていないから？

そもそも小野崎が明日香にとっては「忘れたい男」で、忘れようと努力していたし、その甲斐あって普段は思い出すこともなかったから？

（私がキレまくったせいで辞めちゃった社員が〝D〟だったなんて。誰か、嘘だって言ってよぉ）

理由をあげればきりがないが、一番考えられるのは〝D〟として活動し始めた小野崎が、あまりにファンに優しく、彼が歌うラブソングのように甘くて優しい男だというイメージがあったからだろう。

明日香が知る小野崎とは、まるで別人だった。

それほど当時の小野崎は高飛車で傲慢で、ことあるごとに明日香に突っかかってきては嫌味を炸裂する鼻持ちならない男だったのだ。

（どうしよう。今更呼び出してまで、何が言いたいのよ）

明日香はメモを握りしめたまま途方に暮れた。

必ず連絡を寄こせなんて、小野剤には今になってまで明日香に言わなければ気が済まないことでもあるのだろうか？

いや、あるにはある。

〝いい加減にして！　何考えてるの？　これは披露宴なのよ。新郎新婦やその家族にとっては、一生に一度の晴れ舞台なの。記念なの。どんなに私たちにとって日常のことであっても、お客様には特別な日であり、宴の日なのよ。それを、個人的な感情や理由で台無しにするようなサービスマンなんか、サービスマンじゃない。そもそもフロアに出る資格なんてない〟

それほど、明日香が怒りにまかせて小野崎にぶつけた叱咤《しった》はすごかった。

〝心のこもったサービスができない、仕事として徹する努力や能力もない、はっきり言ってただ迷惑よ。今後も今と同じ態度でしかフロアに立てないなら、辞めちゃいなさいって！〟

封印が解けたと同時に、明日香の脳裏にもまざまざと蘇《よみがえ》る。

若気のいたりとはいえ、後悔してもしきれない自身の失態だ。

（まあ、言いたいことは山ほどあるだろうけど……キレまくったせいで、本当に辞めちゃった社員が〝D〟だったなんて。しかも、今更言いたいことがあるって……。どれだけ根に持たれてるのよ？）

だが、だとしても、明日香にとっては悲劇としか言いようがなかった。

よほど〝D〟とは縁がないか、もしくは小野崎との関係が呪われているに違いない。

それなのに――

「見た？　明日香さん。お客様からナンパされてたわよ。それも、あの〝D〟よ」

「見た、見た。もしかして明日香さん、ファンクラブの大物で顔見知りだったとかなのかな？」

明日香が受けた衝撃をよそに、大広間の裏では女性たちが騒ぎ始めていた。

「そういうことじゃないとは思うけど。だって、明らかに明日香さんのほうが〝あんた誰〟って顔してたし。それに、今日は〝D〟も超プライベートよ。基本的には本名も素顔も公開されてない人だから、あれは絶対にわかってなかったって顔よ」

「速報――!! 今〝D〟が祝辞の中で言ってた。彼、デビュー前にホテルに勤めていたことがあるって。その当時の顔見知りと、偶然ここで会ってビックリしたけど、こういうのも縁の一つだろうって」

こうなったときには、社員もスポットもないのはお約束だ。

「嘘っ。じゃあ、それが明日香さんのこと!?」

「たぶん。明日香さんなら、都内の主なホテルには仕事で入ってたはずだし、どこで会っててもおかしくないもの。ただ、向こうは覚えてても、明日香さんのほうがホテルマンだったときの〝D〟は覚えてなかったってことじゃない？　だから、そうとは知らずに、デビューした〝D〟を普通に追っかけてた………みたいな」

大きな声を立てられない分、じたばたしながら、心の中で（きゃーきゃー）と悲鳴を上げている。

そこへ持ってきて、会場内からアカペラで〝D〟の歌が聞こえてきたから、たまらない。

それが新郎新婦に捧げるラブソングだとしても、彼女たちには、明日香へ捧げる歌に聞こえてくるのだ。

甘く切ない旋律が、会場の表裏で感動を生む。

「うわー。なんかドラマチック。本当に運命とか縁とか感じるわよね」

「言えてる。しかも、〝D〟のほうから、わざわざ声かけたのよ。よっぽど懐かしかったか、もしかしたら、もともと明日香さんに気があったのかも！」

とはいえ、どうしてそこまで勝手に転がすのか？

それでもここは明日香の元担当現場、明日香が手をかけ育てたスタッフが多いので、悪意では語られていない。

みんな勝手に明日香を通して、夢見がちな話を愉《たの》しんでいるだけだ。

「このまま運命の恋になるのかな？」

「〝D〟が本気で口説いたら、可能性は大よね」

「何言ってるんだよ。それって、明日香さんが遊ばれる可能性もあるってことじゃないか」

「そうだよ。お前らいいほうにばっかり、考えすぎだって。売れっ子芸能人のナンパなんて、一番危険じゃないか」

ただ、それは女性スタッフの中だけの話であって、海斗たちは別だった。

あくまでも〝D〟を現実の男として見ている分、現状の捉え方も違うようだ。

「何言ってるのよ。私たちは明日香さんだから、心配なくはしゃいでるんじゃない。これがただのファンと芸能人だったら、そりゃ危ないって思うわよ。けど。相手は同じ職場の経験者よ。最低でも明日香さんの仕事ぶりをわかってて、しかも仕事中に声をかけたような猛者《もさ》よ。どこに心配がいるの。ってか、あんたたちの中に一人でも、仕事中の明日香さんをふざけてナンパできるような勇者がいる？」

明日香と付き合いの長い女性スポットの一人が、海斗たちに真顔で聞いた。

「――いない。んな、恐ろしい」

「でしょう。ってことは、下心のあるなしは別にしても、〝D〟が接触してきたのは、大まじめよ。だって、彼も現場に入ったときの明日香さんの怖さを知ってるってことだもの」

言われてみればそうだった。

誰もがその場で頷く。

「妙な説得力だ」

「うん。これで納得していいのかって気はするけど、否定できないところが、何とも言えない」

すると今度は、別の学生スポットがぼそりと口にした。

「というか、もしも私が就職して、何年かぶりに仕事してる明日香さんに会ったら、絶対に〝D〟と同じことすると思う。なんか、無性に話をしたくなるっていうか、今の仕事のことを聞いてくださいよって、言いたくなる気がするのよね」

普段、あまり自分からはあれこれ言わない者だったが、これに関しては思うところがあったらしい。

「それがうまくいってても、いってなくても。明日香さんなら、どんな話でも真剣に聞いてくれるし、的確なアドバイスもくれるでしょう。何より、明日も頑張ろうっていう、元気をくれるから」

いずれ大学を卒業し、自分が選んだ仕事に打ち込み始めれば、こうしたバイトもできなくなる。

それはわかっていても、想像すると寂しさが込み上げる。

腰掛け程度のつもりで始めたバイトに、それほど、やり甲斐と満足感、そして達成感を感じ、仲間を手に入れることができたのは、やはり明日香が生み出す空気のおかげだ。

それは明日香が一緒に仕事をした相手から好まれる要素であり、またいかにコミ・ド・ランとして優秀かという証でもある。

「そう言われると、灯台もと暗しってとこがあるもんな、明日香さんの優しさは」

「ん。仕事に関しては鬼みたいだから、最初はけっこう引くけどな。でも、あの厳しさが実は優しさなんだって、別の現場に行くとわかる。明日香さんのサービス精神は、お客さんも気持ちよくするけど、一緒に働く人間にも心地よさと充実感をくれる。誰もが気持ちのいい時間を一緒に過ごせるっていう、そういう場作りのための厳しさだからな」

「そう考えたら、確かに〝D〟からの接触は、大まじめかもな。思わず懐かしくなって……。仮に今フリーだったら、心のよりどころみたいなものも求めちゃうかも」

ただ、そんな海斗やスタッフたちのやり取りも、結局「何してるの。中入って皿下げしてきて」という明日香の指示でお開きになった。

「まるで保母さんと園児だな。本当、よく言うこと聞きますよね」

二つ返事で動き出すスタッフを見ながら、岩谷が様子を窺《うかが》っていた東宮に同意を求める。

しかし、東宮はどこか上の空で「ああ」と返事をするだけだった。

そして、「あとはよろしく」と一笑を浮かべると、明日香とは顔を合わせることなく、大広間から立ち去った。

（〝D〟――ね）

6

いきなりもらってしまった小野崎の連絡先。

イコール人気アーティストである〝D〟の連絡先。

悩みながらも明日香がメールを送ったのは、再会を果たした日曜の夜のことだった。

「やっぱり、どう考えても、辞めちゃえ、はまずかったわよね。香山に入りたてで、一番血気盛んな頃だったとはいえ、小野崎にだって社員としての面子《メンツ》やプライドはあっただろうし。上司に言われたってどうかと思う台詞《せりふ》を、同い年の女に……………、それも、一スポットに言われたら、そりゃ腹も立つし、根にも持つわよね。こんなの香山がどうこうって話じゃないわ」

そして一夜が明けた月曜日は、六曜でいうところの先負《せんぷ》。明日は東宮と約束をした仏滅だけに、明日香は定時で上がり、その足で銀座へ買い物に出た。

もしかしたら今日だって残業が片付き次第、東宮から「今から会おう」と誘いが入るかもしれない。

だったら尚更準備は怠《おこた》れない。

むしろ、これがあるから小野崎絡みの憂鬱《ゆううつ》もごまかされていた。

せめて今日明日ぐらいは東宮のことだけを考えたい。

余計なことはいっさい考えず、東宮への「好き」だけを意識し、それを素直に表すための努力に専念したいと思ったのだ。

「おかけで、マンデリンには出入りしづらくなっちゃうし。ホテル側も香山社長も気にしなくていいとは言ってくれたけど、さすがに私も平気な顔で通い続ける根性はなかったからな〜。だから、それ以後メインの通いがエストパレ・東京ベイになったんだけど。そう考えたら、確かにこれも運とか縁とかって感じなのかな？」

それにしても蘭にすすめられた勝負下着の販売店は、とにかく敷居が高かった。

いつもなら素通りしてしまうような高級ブランド店ばかりのテナントビルに入ると、明日香は少し気後れしながらランジェリーショップを目指した。

そうしてたどり着いたショップは上品かつ華やかで、見ているだけでも心が弾む。

真っ白な店内に色取り取りの大輪の花が飾られ、クリスタル・ガラスやパールがちりばめられていて、この店そのものが宝石箱のようだ。

「あ、これだ。蘭の言ってた妖精シリーズ。うわ、やっぱりどれを見ても可愛いのに大人っぽい。いやらしくないセクシーさってあるのね」

国内外の高級メーカーのシリーズなら、大概揃っているが、そんな中でも〝寝間のウエディングドレス〟とまで言われるファンタスティックＨＯＵＲのものは、明日香にこれまで感じたことのない感動をくれた。

こんな下着を着けたら、誰でもシンデレラ気分を味わえそう――

それほど上質なレースとフリルで飾られたランジェリーは、明日香が日頃選んでいるものとは違っていた。

機能性だけでは女の気分は盛り上がらないのだと、痛感させられる。

「でも、高い…………。ブラとショーツとキャミのセットで三万円って。これで二割引って、よそ行きのスーツ一着買えちゃうじゃない」

だが、それだけに値段のほうも上質だった。

これを普段使いにできる女性は、やはり限られるだろう。

そういう意味でも、寝間のウエディングドレスというフレーズには説得力がある。

それだけならまだしも、私が着たら、かえって浮いちゃう？　と、心配になってくる。

「ご婚礼のご準備ですか？」

今にも撤退しそうな明日香に、店員が声をかけてきた。

「え!?　いえ――違います。でも、これってやっぱり婚礼向きなんですか？　普段、着るならこっちとかって、オススメのシリーズとかありますか？」

会話がすでに逃げ腰だ。

気合いを入れすぎても、かえって東宮に笑われるだけかもしれないと、どんどん弱気になってくる。

「そうですね。こちらのメーカーのシリーズは、確かに記念日向けで選ばれる方が圧倒的に多いです。でも、お仕事をされている女性だと、ここぞというときに、気持ちを盛り上げるために選ばれることもありますよ。私もそうですけど、やはり素敵なランジェリーは、身につけた瞬間から気分を高揚させてくれますから」

しかし、仕事を持つ女性と言われて、火がついた。

確かに勝負は夜だけじゃない。

明日香にいたっては、大安吉日はすべて勝負の日と言っても過言ではない。

ましてや今の和室なら、毎日が戦闘日だ。

「そうですか。いや、そうですよね。じゃあ、これ…………いただいていきます」

「ありがとうございます。サイズのほうはよろしいですか？　ご試着もできますけど」

「大丈夫です。これで」

「かしこまりました」

結局明日香は何十種類もある色やデザインの中から、白を基調に淡いクリーム色のレースやフリルが付いたセットを選んで購入した。

本当に妖精が着ていそうなデザインだけに、すべてが真っ白なのはかえって気恥ずかしい。

かといって、身につけたことのないような原色系は論外だ。

結局、比較的普段から好んでいる色を交えることで、初めて手にするランジェリーとの距離を近づけたのだ。

(買っちゃった。結婚式メインで働いてるのに、仏滅に勝負下着ってどうなのよって感じだけど。

でも、普段の気合い入れにも使えるって考えれば、逆にスーツ一枚買うよりお得だものね。どうせ制服仕事なんだから、普段着とか関係ないし)

こうなると、ついでとばかりに明日着る服も新調してしまおうか？　と、買い物の足も伸ばしてみた。

（それに、どうせ夢を見るならとことん――と、メール？）

しかし、次の店を探す途中で、タイムアップとなった。

（げっ。東宮副支配人と小野崎から同時に入ってる。天国から地獄ってこのこと？）

よりにもよって、双方から誘いのメール。

とことん盛り上がった気分が、一気に地獄へ突き落とされた。

（どうしよう。東宮副支配人に会うなら、今すぐ帰って支度をしなきゃ。そのまま一緒に過ごして、明日一日ゆっくりって可能性は大だし。できるなら、そうしたいし）

気持ちだけなら、今すぐ会いたい。

東宮とまた、プライベートな時間を過ごして、新たな彼の一面を見つけたい。

（いや、でもな………。きっと小野崎には、ぼこぼこに文句を言われるんだろうから、これを後に回したら、立ち直りがきかないか？　だったら、どんなに落ち込んでもフォローしてくれるほうを後にしたほうが賢明よね。東宮副支配人なら、こんなことがあって………って話しても、ちゃんと聞いてくれるだろうし。そういうときには、こういう言い方のほうがいいかもねって、アドバイスもくれるかもしれないものね）

だが、いずれにしても避けて通れぬ道なら、明日香は小野崎との話し合いが先だと判断した。

（よし、小野崎のほうを先に片付けよう。どうせ文句を言われて謝るだけだし、このまま行けばい

いわよね）
これから時間は取れるか？　と送られてきたメール。
明日香は少しならと返事をすると、その後は東宮宛に急用ができたことを伝えるメールを送ってから、指定された場所まで出かけていった。

「お待たせ。悪かったな、急に呼び出して」

小野崎が指定してきたのは、銀座からそう離れていない、赤坂の会員制クラブだった。

入り口で名乗れば、ＶＩＰルームに案内される。そう言われて半信半疑で向かった。

店に到着すると、確かに一般客が出入りするフロアとは別のところへ案内された。

一階フロアが見下ろせる二階へ、しかもマジックミラーで囲われた一室は、こちらから店内を望むことはできても、向こうからは見えない。

有名人のお忍びにはうってつけの部屋だった。

が、それだけに明日香は、これが小野崎からの呼び出しであり、〝Ｄ〟からの呼び出しなのだと強く意識した。

あまりにも普段着すぎる格好で来てしまったことに、後悔する。

自分には昔の知人に会うという意識しかなかったが、端から見ればそうではない。

せめてここからは、これ以上、小野崎の怒りを買うことがないよう、細心の注意を払わなければと思い、身構えていた。

「別に。それにしても、変われば変わるものね。こんな店で、VIP対応とか」

「ここは誰と来ても、絶対に外にばれることがない店なんだ。元マンデリンのラウンジに勤めていた、口の堅い人がオーナーだからさ」

明日香は一人で待たされている間、とても緊張していた。

そのため、小野崎が到着すると正直言って安堵した。

これからどんな話をされるのだろうという不安より、知らない場所に一人でいる緊張のほうが上回っていたのだ。

これなら知人と一緒のほうが落ち着ける。

小野崎の態度も、昔と変わらないので、自然と時間が遡《さかのぼ》るようだった。

「昔は、なんだそれって思ってたけど、こうやって世話になるとありがたみがわかるよ。お客がいつでも安心して来れるって、大事なことなんだって。質のいいサービスって、こういう細やかさまで含めてのことなんだろうなって」

小野崎はサングラスを外すと、明日香の向かいに座った。

まずは乾杯しようとビールを頼む。

明日香は形だけもらうと、一応グラスを合わせて「久しぶり」と会釈《えしやく》した。

「それにしても変わらないな、お前。ダッサイ一つ結びの三つ編みといい、化粧っけのない顔といい。二十五過ぎたら、いい加減、色気ぐらい出そうなものなのに。制服姿だけかと思ったら、私服姿も変わらないんだな。本当、他人に気は遣っても、自分には気が回らないタイプだよな」

「何、それ。そっちこそ、いまだに社交辞令のひとつも言えないわけ？　それって社会人としてどうなのよ」

「説教魔も健在か」

はじめは他愛もない会話から始まった。

さすがに小野崎も大人になったということだろう。いきなり「あの時は」とは切り出さない。

「それより、今夜俺と会うこと、あのとき付き合ってた彼氏には言ってきたのか。それとも、もう結婚でもしてるのか？　旦那は家で子守か？」

「は？　とっくに別れたわよ。何が結婚よ」

だが、そんなことまで覚えていたのかという話を出されて、明日香はさらに古傷を抉《えぐ》られた。

だいたい私がふられたのは、辞めていったあんたのことを気にしすぎたせいよ！　と、ちょっと前までの明日香なら怒っていただろうが、今はそれもない。

なぜなら、そのおかげで東宮との今があるのだ。このあたりは寛容だ。

「へー。それって、どっちが愛想尽かしたんだよ。向こうがお前の八方美人ぶりに耐えられなかったのか？　それともお前が向こうの嫉妬深さに音を上げた？」

「どうでもいいでしょう。それより、文句言うなら早くしてよ」

だが、このまま話を延び延びにされても、覚悟が鈍る。明日香は、思い切って自分のほうから話を切り出した。

「文句？」

「昔のことで恨み辛みがあるから、呼んだんでしょう。お前のせいで、俺は一流ホテルを辞めたんだ、幹部候補だったのにそれを棒に振ったんだって。ようは、今でも胸くそ悪い、一度ぐらい謝って言いたかったんでしょう」

突然の話に、小野崎は「は？」と首を傾げる。

「――ごめんなさい。確かに、あれは言い過ぎました。いくらなんでも、言っていいことと悪いことがあるし、何より私の立場で口にしていいことじゃありませんでした。反省してます」

「伊藤？」

突然テーブルに両手をついた明日香に、小野崎は驚いたように手にしたグラスをテーブルに置いた。

「嘘じゃないわよ。いくらなんでも、売り言葉に買い言葉でほんとにホテルを辞めるなんて思ってなかったんだもの。でも、小野崎はホテルを辞めた。私もマンデリンには行きづらくなって……。いいことなんて一つもなかった。口は災いの元だって、思い知ったから。だから、ごめんなさい」

「っ、ちょっと待てよ。俺のほうこそ、その後のことまで気にしてなかった。ごめん。でも、まさか、お前がマンデリンに行けなくなるなんて。それって、来るなって言われたってことか？　まさか香山配膳そのものを首になったとか言わないよな？」

小野崎は身を乗り出すと、逆に明日香に訊《たず》ねてきた。

「ホテル側も香山もそこまで大人げないことはしないわよ。ただ、私が行きづらくなったから、別の場所をメインにするようになっただけ。それだけよ」

「うわ、やっちまった。それって、マンデリンの部長や課長に恨まれたの、俺のほうじゃないか。

向こうにとったら、使えない従業員一人より、伊藤がいなくなるほうが、大損害だって。そうじゃなくても、いずれは社員に引っ張りたいって言ってたのに」

頭を抱える小野崎に、明日香は戸惑った。

「社員に？」

「ああ。香山の人間がどこでも引っ張りだこなのは周知の事実だけど、当時のお前はまだ香山歴そのものが浅かったし、マンデリンメインで働いてただろう？　だから、引っ張れるものなら、引っ張りたいって部長たちが言ってたんだ。幹部候補生なんて肩書きを持った俺なんかより、よっぽど必要とされてたよ。だから俺も、余計にお前には突っかかって」

明日香は聞いたこともなかった話に、目を丸くした。

「小野崎」

当時、確かに小野崎にはわけもわからず絡まれた。

同い年だし社員だし、最初はスポット相手に遠慮がないだけかと思ったが、回を重ねるごとに、明日香は自分が小野崎に嫌われていると感じていった。

香山から来ているというだけで、気に入らないという人間も稀《まれ》にいるので、小野崎もそうなのだと思っていた。

それを接客中に出さなければ、明日香も見て見ぬふりができたのだが、そうでないから激怒した。

一度や二度はそれでも抑えたが、三度目には限界を超えて叱咤《しった》が飛んだ。

結果が、これだ。

「いや、そんな理由じゃない。俺がホテルを辞めたのは、本当にやりたい仕事、なりたいものじゃなかったからだ。親父はいずれ家業の旅館を継げって言ってたし、俺自身も歌で食っていく自信もなかったから、一時はもう趣味でやっていけばいいかと思った。それでマンデリンにも就職した。幹部候補生なんて肩書きも付いたから、これでいいかって。ある意味、妥協したっていうか、天狗《てんぐ》になってたっていうか。けど、本当に好きで配膳をやってるお前を見てたら、自分とは違うなって痛感し始めて。どんどん、ホテルで働いてる自分にも違和感を覚えてきて、仕事そのものにも集中できなくなってきたんだ」

それでも、こうして聞けば当時の小野崎にも悩みがあった、自分なりの迷いがあったことが伝わってくる。

「で、とどめがあれだ。よりにもよって、新郎の主賓相手に粗相して、上司どころか、新郎新婦とその両親たちにまで平謝りさせて。花嫁泣かせて——、お前から叱咤《しった》をくらって。ぐうの音も出なかった。何一つお前は間違ってなかったし、悪いのは自分だって自覚もあったから」

明日香は、まさかこんな打ち明け話をされるとは思っていなかったので戸惑った。

どうしていいのかわからず、しばらく黙って聞いている。

「だから、俺としては反省と責任をとる意味で、辞表を出した。それと同時に、今のままじゃ何をやっても同じだなって。結局、一番やりたいことをやってない。たとえ結果が駄目でも、精いっぱいチャレンジしたっていう実感がないから、他人に迷惑をかけるような仕事しかできてなかったんだなって思った。だからこっちの活動を始めたんだ」

まさかそんな経緯から〝D〟が誕生していたなんて、考えたこともなかった。

辞めるきっかけを作ってよかったのか、そうでないのか、判断は小野崎に任せるしかない。

「最初は、全然駄目だったけど、去年頃から少しずつ売れ始めて…………。今では、ちゃんと生活できるし、自分がこの道のプロなんだって自覚もある。俺はこれで人を喜ばせてる、でも自分も喜んでるって自信を持てたから、今なら堂々と伊藤にも会えるのにって、時々思ってたんだ。何も知らないで〝D〟のライブに来てくれていた一ファンの伊藤にじゃなく、俺をこてんこてんに叱咤したサービスマンに、プロの配膳人である伊藤にって」

しかし、明日香はこれまで以上に驚くことを言われて、目を見開いた。

自分がライブに行っていたことが、小野崎にはわかっていた？

彼が小さなライブハウスで活動していた頃なら、客席の顔を見分けることも可能だろう。

だが、明日香が〝D〟を知り、ライブに足を運ぶようになったのは、少なくとも彼が一千人以上の集客ができるようになってからだ。

ファン歴としてはそうとう浅いし、土日に開催されるライブにはまず行けない。

それなのに、小野崎が自分の存在に気がついていたなんて、ただただ驚愕だ。

そうでなくても会場は薄暗いのに。

「ありがとう。その節は、本当にお世話になりました。俺が今、心からファンを大事にできるのって、あの時伊藤から教わったサービス精神のおかげだよ。人に喜んでもらえることで、自分が喜べるって意味や気持ちは、間違いなく、お前の仕事から学んだことだから。他の誰でもなく、伊藤から」

ただ、そんな驚きより何より、明日香はここで感謝されたことに何倍も驚いた。

あの小野崎が頭を下げるなんて――

それほど彼は、人に頭を下げることが嫌いだった。

だからこそ、サービス業には向いてないと、明日香も感じていたのだから。

「話があるって、こういうことだよ。文句でもなんでもないから」

ひととおり説明を終えるとホッとしたのか、小野崎はグラスを手にして、ビールを飲み干した。

「本当は、ずっと香山に連絡するか、出向こうかって思ってたんだ。けど、いざとなると、びびっちゃって。俺はサービスマンとしては完全に脱落者だから、やっぱり香山は敷居が高いし、お前に会ったところで、今更何って顔をされるのも怖かったんだ」

グラスが空になれば、注ぎ足すのが習慣だ。

明日香はビールに手を伸ばすと、条件反射のように、小野崎に差し向ける。

「でも、偶然、現場で動いてるお前を見たら、何にも考えないで声をかけてた。すぐに、やべえ、記憶にも残されてないかもってへこんだけど、一応覚えられてたってわかったから、謝るのも礼を言うのも今しかないって思った」

「それで、連絡先くれたんだ」

ようやく自分からも言葉が出てきた。

明日香も改めてグラスを手にすると、緊張から渇いた喉を少しばかり潤《うるお》した。

「ああ。そうはいっても、会ってもらえるかどうか、お前に選択させたあたり、そうとうずるいとは思うけどな。でも、あの時は言いたくないことを言わせて、むちゃくちゃ嫌な気持ちにさせただろうから、一週間待って連絡がもらえなかったら、香山に出向いて謝るだけ謝ろうって決めてたんだ」

「そっか………。なら、よかった。お互い、しこりがなくなって、ホッとしたわ」

グラスの中身が減ると、今度は小野崎が注いでくれる。

どんな理由で辞めたにしても、一度身についた技術はそのまま残っているのだろう。

彼のお酌はサービスだ。とても綺麗な注ぎ方だ。

「改めて、成功おめでとう。いくらメイクやサングラスがあったからって、まったく気付いてなかった自分にも呆れちゃうけど。でも、そっちは気付いてたんだ。私がライブに通ってたこと。ってか、すごいね。あんな大勢のファンの中で、顔の識別なんてできるんだ」

「まったく変わってなかったからな、お前。それに、好きだった女なら、何千人の中にいたって見つけられるよ。自然に目に入る」

「――――？」

ただ、これ以上驚かされることはないだろうと気を緩めた明日香に、小野崎が恥ずかしげに笑いかけた。

「伊藤。お前さっき、彼氏とはとっくに別れたって言ったよな。なら、俺の女になれよ。今なら俺、お前の仕事もお前自身も理解できるし、いろんなことを分かち合えると思う。逆に言えば、俺の仕事も俺自身も、お前じゃなきゃ理解できない。なんか、他の女じゃ分かち合ってもらえない気がするから」

真剣な眼差しで、彼が歌うラブソングよりも熱烈な告白を受けた。

からかわないでよ。なんの冗談？

そう、聞くことさえできないほど――

＊＊＊

明日香が自宅へ戻る頃には、すでに時刻は零時を回っていた。

「じゃ、また今度。改めて」

「うん。きっとみんな驚くわね。昔みたいに、朝まで飲もうね」

小野崎はタクシーで明日香を送り届けると、車から降りることなく去っていった。

〝ごめん。無理。私、今好きな人がいるから。尊敬してる人がいるから〟

〝そっか。ただ、好きとかじゃなく、尊敬がくるのか。そりゃ、敵わないな〟

あまりの目まぐるしさに、疲れた。マンションの階段を上る足が重くなる。

〝もしかして、香山の先輩？　あそこ、いい男だらけだしな〟

〝うん。同じホテルの人。あ、私もう、エストパレ・東京ベイの社員だから〟

〝そっか〟

続け様《ざま》に告白されるなんて、これがモテ期？　と、茶化す気にもならない。

自分もふられて傷ついた過去があるだけに、たった今、小野崎が同じ思いをしているかもしれないと考えると、世の中ってうまく行かないものだと痛感する。

明日香は自分の部屋の階まで上ると、荷物の中から鍵を出しながら歩いた。

「お帰り」

「っ!?」

すると、部屋の前から声をかけられ、ハッとした。

「朝帰りにならなかっただけ、マシってところなのかな？　仲間内で集まると、始発までってパターンが得意な君からしたら」

「東宮副支配人………」

どうしてここに？

そんなことを考えたところで始まらない。

東宮が明日香の帰りを待って、ここにいた。それ以外に現実はない。

「た・か・み・ち」

「あ、はい。それより、ここで何をしてるんですか？　貴道さん」

「明らかに、これから他の男に会いに行きますっていうメールをもらったら、心配して当然だろう。日中のランチだって、おいって思うのに、夜だぞ夜。しかも、何回電話入れても、メールしても音沙汰無しだ。お前、俺と付き合ってるっていう自覚がないだろう」

明日香も、まさかメールを送った直後から東宮がここにいるとは思いたくなかったが、この不機嫌さを見る限り、絶対にないとは言えなかった。

口調は荒いわ、目つきは悪いわ、とうとう〝君〟から〝お前〟に降格だ。

こんな東宮副支配人、私は知りませんと逃げ出したいぐらいだ。

「それは、ごめんなさい。ちょっと入り組んだ話になると思ってたから、携帯の電源切ってただけなの。でも、相手は昔の仕事仲間だし、私、本当に朝まで飲み会とか得意だから、心配しないで」

「心配じゃない。俺は、怒ってるんだ。見てわかるだろう。天然も大概にしろ！」

謝っているのに憤慨され続けると、明日香もついムキになってしまう。

「でも、この程度で怒られたら、私………週に三回は怒られる羽目にな……、きゃっ！」

だが、最後まで言い終えられずに、明日香は口を噤《つぐ》んだ。

両手で頬を押さえられたからだ。

(冷たい)

全身が震え上がるほど冷えた手のひらは、東宮が長時間ここで待っていたことを伝えてくる。

「とりあえず、部屋に入れてもらえるとありがたい」

四月とはいえ、まだ夜は寒い。

ラフな普段着に春物のコートを羽織っているだけでは、やはり冷えるだろう。

「――はい」

明日香は逆らうよりも先に、東宮に部屋で温まってもらうことを即決した。

急いで扉を開くと、初めて男性を部屋の中へ招き入れた。

「珈琲と紅茶と日本茶、どれがいいですか？」

自分が立つ分には特に何も感じなかったＬＤＫだが、長身の東宮が立つと、部屋の狭さや天井の低さが目についた。

「あ、それともビールとかワインのがいい……！」

明日香はキッチンに立ち、東宮の好みに合う飲み物を準備しようとするが、その行動は背後からの抱擁で阻《はば》まれる。

「明日香がいい」

「っ……、あ、でも……。デートの約束をした仏滅は明日ですし、私は今帰ってきたばっかりだし」

それに、そんな取って付けたようなオーダーをされても。

明日香は背後からしっかりと抱き締めてくる東宮から、どうにか逃れようとした。

恋人を部屋に上げた段階で、ある程度の想定はできても、やはり心構えが追いつかない。

これではなんのために、ランジェリーまで買ってきたのかわからないが、明日香の戸惑いが、かえって東宮の怒りを大きくする。

「そう。こんな時間に帰ってきたから、今日はもう仏滅だよ。俺たちにとっては大安吉日だ」

「いや、でもちょっと待って。こっちにも心の準備ってものが――きゃっ!!」

東宮は問答無用で抱き上げると、勝手に寝室を探して、明日香をベッドへ放り出した。

「俺だって本当ならこんながっついたマネはしたくない。ちゃんと明日の予定も組んである。でも、まだちゃんと受け入れてもらってないときにこんなことされたら、気が気じゃないだろう？」

東宮はコートと中に着込んでいたジャケットを一緒に脱ぐと、自らシャツの前を開いていく。

「でもっ」

ドキドキするほど美しい肉体の一部に頬を染める明日香の上に、彼は容赦なく覆い被さってきた。

「ましてや相手は、昔の仲間の〝D〟ってミュージシャンだろう」

さすがに二度目とあって、明日香も先日ほど慌てることはなかった。

彼の重さや行動に戸惑うよりも、期待が勝っている。

「あっ」

いきなり胸を掴まれても、悲鳴は上がらない。

鼓動が高鳴り、甘い吐息が漏れるだけだ。

「わかってるんだぞ。それぐらい」

「――んんっ」

呼吸を止めんばかりの激しい口づけは、明日香の欲情を煽る至高の誘惑だ。

明日香のドレスシャツをうっとうしげに脱がせようとする東宮の気持ちも、愛欲も、本当ならば嬉しい限りだ。

「駄目、待って」

明日香は東宮が好きだし、この一週間、仏滅の日が待ち遠しかったのは彼と一緒だ。

それどころかこの一週間が明けたあとに、東宮の気が変わっていたらどうしようと不安になった夜もあった。

それほど明日香だって東宮と結ばれる瞬間を待っていたし、想像もしていた。

そのたびに熱くなる身体に、彼への思いが憧れではなく、肉欲を伴う愛になっていることも気付かされた。

「待てない。これ以上はもう限界だ」

しかし、だからこそ明日香は東宮が、怒りや嫉妬を抱えたまま大切な一歩を踏み出すのが嫌だった。

せめて着飾った自分で彼を迎え入れたいという気持ちもあるし、小野崎との関係についてもきちんと説明したかった。

「でも、でも――」

他の男と飲んで帰ってきた挙げ句に、一日の汚れも落としていない。

服装だって普段とまったく同じだ。小野崎に会うならこれでいいかと出向いたクラブでさえ後悔したのに、東宮相手にベッドの上となったらそれどころではない。

明日香にとって東宮は至高の男だ。やはりラグジュアリーな存在だ。

少しでもいいから相応《ふさわ》しい自分を作りたい。

女として精いっぱいの背伸びをしたい。

それが一生忘れないだろう初夜なら、なおのことだ。

明日香は東宮の胸を力一杯押した。

「せっかく買ってきたのに勝負下着も着けてないし、今日のは上下ばらばらな上に機能重視で可愛くないから見られたくないの。こんなのすっぴん見られるよりも嫌なのよ。だからお願い、ちょっと待って！」

だが、勢い余ったとはいえ、一生忘れられないだろう発言をして、東宮の欲情に歯止めをかけてしまった。

「はっ？」

しまったと思ったところで、もう遅い。明日香は目の前が真っ暗になった。

（何言ってるんだろう、私）

やめて、待ってと懇願するなら、他にも言いようがあるだろう。

慣れた女性なら、待たせながらも相手の高揚を誘う手管《てくだ》も持っているかもしれない。

（もーっ、馬鹿っ）

それなのに、どうしてこうも自分は単刀直入なのだろうと、なんだか悲しくなってきた。

こんなのは言い訳にもなっていないし、色気も何もない。

小野崎が口にした「二十五も過ぎれば」という指摘が耳に痛い。

明日香はそのまま東宮に背を向けると、ベッドに顔を埋めてしまった。

穴があったら入りたいとはまさにこのことだ。

「ごめん。俺が悪かった。明日香の気持ちはよくわかったから」

しかし、東宮はそんな明日香をあやすように頭を撫でると、耳元に顔を寄せてきた。

後ろでひとつに結ばれ、三つ編みされていた明日香の髪をほどいていく。

「ようはそれって、今日は何も気にしないで出かけたってことだもんな。でも、ちゃんと明日は、俺との約束の日には、特別な装いを用意してくれてたって、そういうことだもんな」

幾度か髪をほぐすように撫でつけてから、再び抱き締めてきた。

無理に身体を返そうとはせず、背後から手を潜《もぐ》り込ませて、今一度明日香の胸に触れてくる。

「どうしよう、ますます我慢がきかなくなった。いっそ、その買ってきた下着に、今から俺が着替えさせようか？　ただ脱がすより楽しいかも」

クスクスと笑いながら、器用にボタンをはずして、ドレスシャツの前をはだけていく。

「貴道さんっ」

からかわれるというよりは、遊ばれているような気になり、明日香は頬を膨らませた。

「嘘だよ。もう、そんなのどうでもいい。ようは、下着を見なきゃいいんだろう。全部脱がせてしまうまで、こうして目を閉じてれば、問題なしだ」

すると、東宮は前をはだけた明日香のシャツを肩からずらしながら、身体を自分のほうに向けさせた。

否応なく対面することになった明日香に、寝顔のような無垢な顔を向けて、指先で唇を探ってくる。

「……っ」

見つけると嬉しそうに顔を寄せて、口づけてきた。

明日香は、自分でもどうかと思うような失敗をすべて受け止めた上で、笑って済ませてくれる東宮に、また新しい感動を覚える。

と同時に、自分の至らなさも知った。

わずかなことで嫌われたらどうしよう、呆れられたらどうしようと考えることは、東宮に対して失礼だ。

まるで、まだ彼の良さをわかっていない、ちゃんと理解していない証《あかし》のようだ。

「もっとも、こんなカーテン越しの月明かりだけじゃ、見ようと思っても、あまり見えないけどね」

「んんっ」

こんなことなら、シャワーを言い訳にすればよかった。

逃れられないことを悟ると、明日香は彼の唇も、歯列を割って入り込んできた舌先も、懸命に受け止めた。

「明日香。好きだよ」

小さな声で「私も」と答えると、東宮の手が先ほどよりも大胆に衣類を剥《は》いで、ベッドの下へ落としていく。

「貴道さん……」

あれこれ気にしていた衣類や下着を落とされてしまうと、さっきまでためらっていたのが嘘のようにふっきれた。

この上スリーサイズのことまで気にしても仕方がない。

ただ、自分だけが肌を晒《さら》しているのが恥ずかしくて、明日香は東宮にも脱いでほしいと彼のシャツをたぐった。

「手伝って」

すると東宮は、羽織っていただけのシャツを明日香の手に委《ゆだ》ね、明日香の胸元に顔を埋めてきた。

いくつものキスをし、時折あとを残して遊んでいる。

明日香はためらいがちに彼のシャツを脱がせると、現れた肩の広さ、肌の心地よさに、心からの愛しさを感じて抱き締めた。

(好き……。私、貴道さんが好きだわ)

「んっ」

東宮は、まるでその思いに応えるように、手を下腹部へ滑らせた。

淡い茂みを軽く撫でつけられ、様子を窺《うかが》うように奥を探ったかと思うと、誰にも触れられたことのない部分に長い指先がたどり着く。

「っ……っ」

その瞬間、明日香が思わず身を震わせたのは、彼の指先が茂みの中の、小さな突起を掠めていったから。全身にしびれるような快感が走り、思わず「そこ」「もっと」とせがみそうだったからだ。

「そんなに緊張するなって。こっちまで緊張してくる」

「ん……」

東宮が女性の扱いに慣れているのは、これまでのことから十分わかる。

だから、彼は「飢えている」と言いながらも、明日香の好みを探ることを忘れない。

今だって、声にならない明日香の思いを読み取ろうとし、茂みの中で息づき始めた小さな突起を優しく撫でて、明日香の肉体を頑なな理性から解放しようとする。

もっと快感に正直に、もっと素直にしようと誘導してくる。

「少しはいい感じになってきた？」

しばらくすると、明日香の答えなど必要としないほど、東宮の指先が濡れてきた。

暗黙のうちに、もういいだろうと判断してか、東宮は濡れた指先を滑らせ、更に明日香の中を探ろうとした。

「っ!!」

嘘のように濡れそぼり、受け入れる態勢は整っているはずなのに、明日香は彼の指が差し込まれると感じた瞬間、腰が引けた。

どうして？　と自問してもわからない。

覚悟はあるのに身体が勝手に反応したのだ。

「もしかして、苦手？」

東宮がもっと鈍感な男なら、気にせず進めるところだろう。

だが、彼は用心深く聞いてきた。

「っ……」

明日香は、ただ首を横に振ることしかできなかった。

苦手もなにも、ここまでの経験がないからわからない。ただそれだけのことだ。

「大丈夫……。気にしないで」

十代の生娘じゃあるまいし、こんな反応を示した自分のほうが恥ずかしくなってくる。

「そっか。こっちのがいいってことか」

すると、東宮は何を勘違いしたのか、突然身体をずらして、明日香の両太腿を掴んだ。

(そうじゃなくてっ!!)

軽く左右に開くと、顔を埋めて、指を拒んだ秘所にキスをした。

「あぁ……っ」

割れ目をたどって、舌先が上へ下へと移動する。

すでに膨らみ始めた突起を突《つつ》かれ、指で撫でつけられたときとは違いすぎる快感に、明日香は思わず喘《あえ》いだ。

「やっぱり、こっちのほうが好みってことか」

明日香の悦《よろこ》びを感じ取ったのか、東宮は更に貪《むさぼ》るようにそこにキスをした。

どうして、こんな部分が感じるのだろう。明日香はその後も激しく身を捩《よじ》った。

それでも東宮は愛撫を激しくすることはあっても、いっこうに弱めない。

「やめて、もう……、おかしくなる」

明日香は自分ばかりが辱《はずか》しめられている気がしてならなかった。

初めて知る快感に囚《とら》われ、追い詰められていくのが怖くて、東宮に「もういいから」と合図した。

来るなら早く来て。

もう、行くところまで行って。

そして早く終わらせて。

「明日香」

「っ！」

それなのに、いざ東宮が覆い被さり入り口に彼自身を感じただけで、明日香の身体は硬くなった。

指を宛《あて》がわれたときの何倍ものこわばりだ。

どんなに気持ちの上で「早く」と思ったところで、身体のほうが怖じ気づいてしまったのだろうか？

「やっぱり、苦手なんだろう」

だが、東宮はそれに対して、特に責める様子は見せなかった。

「隠さなくてもいいよ。大事なことだ。前戯はよくても、挿入が駄目って子はいるしね」

こんなことなら多少腹を立ててもいいから、強引に進めてほしい。

今だけ我慢しろと言われて、奪われるほうが、明日香的には楽になれる。

「ただ、俺としては入りたい。無理はさせないようにするから、一つになりたい」

「――――て」

だが、東宮は明日香を気遣ってくれているのに、自分はいつの間にか保身に走っていることに気付くと、明日香は思い切って口にした。

本当は一生言うつもりもなかったし、明かす必要もないことだと思っていた。

東宮だって、よもや明日香に男性経験がないとは考えていないはずだ。

だからこそ、しっかり好みを把握しよう、お互いこれで嫌な思いだけはしないようにしようと、努力してくれていたのだろうし。

「ん？　何か言った？」

「だから、いいも悪いもわかってないだけだから、これ以上は気にしないで進めてって言ったの」

それに、明日香は東宮から〝重い〟と感じられるのが嫌だった。

「っ!?」

「べっ、別に何か特別な事情や欠陥があったわけじゃないのよ。ちゃんと彼氏がいたこともあるし……」

あれこれ勘ぐられるのも嫌だった。

これも見栄やくだらないプライドなのかもしれないが、明日香にとって経験がないことは、決して自慢になることではなかったのだ。

「ただ……、仕事にかまけてるうちに、嫌われちゃって。お前といると、惨《みじ》めになるって言われてふられちゃったから、いまだに女になれてなかっただけで」

「明日香」

それどころか、いい思い出が一つもない、ただの傷だ。

「私、向いてないのかも。そもそも男の人と付き合うとか、こういうことに。がさつだし、色気もないし……」

どんなに心から好きだと思っても、いざとなると怖じ気づいてしまうのは、最初の恋の痛手のためだろう。

いくら理由が言えないまま拒んだからといって、自分の気持ちを疑われた上に、一度は力ずくで奪われそうになった。

その上途中で突き放されて、別れ言葉を突きつけられたのだ。

明日香にとっては衝撃だった。

自分がいつ、どこで彼を追い詰めたのかがわからなかっただけに、彼から放たれた苦渋に満ちた別れ言葉が、ずっと心の奥底で深い傷として残っていた。

「馬鹿だな、何言ってるんだよ」

今にも泣き出しそうな明日香を抱き締めると、東宮は少し困ったように言った。

「どうせ馬鹿よ。だから、こんな間抜けなことしか言えないし。貴道さんを困らせて、ううん……呆れさせてるのよ」

「明日香は真面目で一生懸命なだけだよ。今だって、俺が変な誤解をするといけないから説明してくれた。ただ、それだけだろう」

こんなに何度も中断しやがって。

いっそそう言って怒ってくれればいいものを、東宮は今この瞬間も、明日香を慰める言葉を探してくれている。

「でも、不幸だな、そいつ。だったら仕事より自分のほうがいいって、思わせればいいだけなのに。それができないまでも、せめて同じぐらい楽しいって、快感だって教えてやればいいのに。結局、仕事にも自分にも自信がないから、女に八つ当たりする羽目になる」

そんな昔の話、俺には関係ないし——とは、決して言わないし、おそらく思うこともない。

「だから、こんな幸運を、知らない男にやる羽目になる。それだけのことだ」

それどころか東宮は、明日香が打ち明けた事実を、自分にとっては幸運だ、心から喜ばしいことだと伝えてくれる。

「え？」

「俺は、仕事に真摯に向き合う明日香が好きだよ。見るたびに、俺も負けていられないって思わせてくれる、活力をくれる、そういう明日香の仕事も明日香自身も好きだ」

東宮は、最初の告白からやり直してくれると、優しく額にキスをしてくれた。

「だから、俺が明日香を好きだって思うのと、同じぐらい俺のことを好きになってほしい。いや、それ以上に好きで、夢中になってほしいのが本音だ」

額や頬、こめかみや唇に何度もキスをし、明日香に再び甘い吐息を漏らさせると、首筋から鎖骨にかけても愛してくれた。

「こんなことを言っても、仕事に入ったら、絶対にお客様のことしか考えてないんだろうけど。でも、だからこそ仕事から離れたときには、俺のことだけ考えさせたい。俺なしでは、いられない。寂しいって思うぐらい、身も心も俺でいっぱいにしたい」

そうして再び明日香の茂みに、抑えきれない欲望を押しつける。今度は明日香がどんな反応を見せようと、入ろうとする姿勢を崩さなかった。

「俺しか知らないなら、なおのことだ」

「っ、貴道さんっ」

これまでのことが嘘のように強引な動作でいきり立った愛欲の塊を押しつけ、濡れた秘所を探り、明日香の中へ静かに身を沈めてくる。

「一生、俺しか知らなくていい」

「んっっ」

狭くきつい肉体の狭間に、東宮は力強く入り込んできた。

「なんて言ったら、これだから三十男は重いって言われそうだけどな」

「っっっ」

どんなに前戯で潤《うるお》っていたとはいえ、初めて他人を受け入れることに、痛みがないと言えば嘘になる。

明日香は、それを堪《こら》えて東宮を受け入れた。

(貴道さん……)

ひとつになりたいと求められて、実際ひとつになったときの心地よさは、肉体的な痛みには代えられないものがあった。

心が覚える満足感と充実感が、いつしかベッドがきしむ音さえ、快感を誘うフレーズに変化させる。

少し汗ばんだ東宮の肌が艶《なま》めかしくて、明日香はいっそう欲情した。

「明日香」

今にも達しそうな男の声が、耳に絡んで、明日香を一足先に絶頂へ追いやる。

何かが全身の端々まで駆け抜けていく快感に、明日香は堪《こら》えきれずに、東宮の身体にしがみつく。

「っ……貴道さんっっ」

しかし、明日香が激しく身体を震わせ、仰《の》け反《ぞ》らせると、その直後に東宮は身を引いた。

「え？」

突然の放置だった。

覚えた肌寒さに驚き、明日香が双眸《そうぼう》を見開く。

すると、東宮は起き上がると同時に、ベッド脇に置かれていたティッシュ箱に手を伸ばしていた。

何枚かまとめて抜き取ると、それで限界まで膨らんだ自身をきつく包み込む。

「っ……っ」

明日香が唖然《あぜん》としている間に、彼は一人で達していた。

少し苦しそうに、それでいて心地よさそうに、東宮は明日香の目の前で射精したのだ。

目が離せないほどセクシーな貌《かお》で。

「……っ、みっともないところを見せてごめん。肝心なものを忘れてきたって、今思い出して」

瞬《まばた》きさえできずにいた明日香に、東宮はバツが悪そうに笑った。

彼がこうした理由は、とても簡単だった。

大人の男として、また明日香を守る恋人として、ここに必要な避妊具がなかった。

ただ、それだけだ。

「貴道さん……」

だが、明日香にはこれが愛されている証《あかし》であり、どんなときでもけじめや思いやりを忘れない東宮らしさに思えた。

「明日の夜は今夜の分まで、俺を中でイカして。いい？　約束だよ」

さすがに、こんな次への誘い文句は聞いたことがないとは思ったが、

「もう。また、そんな勝手な約束！」

それでも明日香は、本当に予想外のことばかりする東宮を目の当たりにして、自然に笑みがこぼれる。

さぞいろんな感情に翻弄《ほんろう》されるのだろうと想像していた初めての夜だというのに、ただただおかしくて笑ってしまった。

（なんだか、心が満たされる。私、愛されてる）

明日香はまた東宮が好きになった。

昨日より何倍も、何十倍も――

7

心身ともに一つに結ばれてから、明日香は週の半分ぐらいの日を、東宮と過ごすようになった。

もともと朝から晩まで働きづめの二人だけに、気合いが入らないと、デートもできない。二人揃って休みを取れることも少ないので、一緒に過ごす時間がほしいと思えば、自然とどちらかが相手の部屋を訪ねることになるからだ。

はじめは明日香が恐縮していたので、東宮を自室に招くことが多かった。

だが、そうすると東宮は電車で明日香のマンションまで通わなくてはならない。近所に、東宮の派手な愛車を安心して停められるような駐車場がないからだ。

しかも、疲れた東宮にちゃんと眠ってほしい、身体を休めてほしいと考えた場合、明日香のシングルベッドは狭すぎた。

寝心地を考えた場合、東宮の部屋のほうがいいのは一目瞭然《いちもくりょうぜん》だ。

何より東宮の部屋は職場に近い。

車を使う必要もないが、使おうと思えば、それもできる。

いろいろ考えた結果、明日香は東宮から差し出された合い鍵を受け取ることにした。

持っているだけで、実際に使ったことはなかったが、それでもいっそう二人の関係が近しいものになった気がした。

なんだかこれからは、結婚披露宴を見る目も変わりそうだ。

「あぁ——んっ、んんっ」

とはいえ、どんなに明日香が東宮の身体に気を遣ったところで、寝る間も惜しんで愛し合いたい彼に、ベッドの広さも固さも関係がなかった。

むしろ、身体が密着するシングルベッドのほうがよかったかもしれないと口にしたぐらい、東宮は明日香を自分の近くにおきたがった。

お姫様抱っこでベッドへ移動、まるでちょっとしたレッスンのようなセックスが、その度に繰り広げられる。

「我慢しなくていいから、いいか、悪いか教えて。声に出して」

こんなところにも勉強熱心なのか、東宮はとても明日香を知りたがった。

どんなキスが好きか、愛撫が好きか、どこを愛されることが一番快感か。

聞かれたところで「これ」と答えるはずがないとわかっているだろうに、東宮は明日香の反応を愉《たの》しむために聞いてくるのだ。

「俺は最終的に、明日香の中に入れてもらえれば満足できるけど、明日香のほうはそういうわけにはいかないだろう?」

そうして今夜も東宮の質問という名の言葉攻めが始まった。

お互い一糸纏《まと》わぬ姿でベッドに横たわる。

明日香は東宮の左腕一本で抱かれながら、利き手で秘所を探られ、ずいぶん前から身もだえていた。

そうでなくとも濃密なキスを交わし、胸を愛撫されただけで、その先をあれこれと想像して濡れてしまうのに、東宮の攻めはそこから本格的に始まるのだ。

「そんなっ、気にしなくていいって……言ったのに」

恥毛で隠された明日香の割れ目に利き手を這わせると、最初に潤んだ陰部を撫でつけ、小さな突起を探り出した。

触れられ、つままれた途端に溢れ出した愛液を感じたのだろう、東宮は満足げな微笑を浮かべる。

濡れた指先で敏感な部分を愛されると、止めどなく乱れてしまう。

それがわかっているので、東宮はここに時間をかける。

他愛もない会話、キス、愛撫、それらを交え、どんどん茂みの奥が潤んでくるのを感じながら、東宮は人差し指と中指を中へ、奥へと潜《もぐ》り込ませてくるのだ。

「気にされたら、恥ずかしくって……あんっ」

はじめはこれさえ怖くて怖じ気づいていた明日香だが、回を重ねるとそれはなくなった。

純粋に快感だけが与えられる愛撫であり、自分を絶頂へと追いやる行為なのだと身体が覚えた。

「んんんっ」

そうして今夜も、徐々に指の動きを激しくされて、先にイかされた。

明日香は東宮の腕の中で身体を捩《よじ》り、背を仰《の》け反《ぞ》らせた。

「これは嫌いじゃない――と」

その姿を見て、東宮が笑う。

明日香の身体が思うように反応することに、彼は彼で快感を覚えているようだ。

「馬鹿。も、好きも嫌いもないって言ってるでしょう。何されたって、全部に反応しちゃって、こういうもんなんだって思うだけよ」

「俺しか知らないからな」

「っっっっ」

一度乱れた明日香の呼吸が落ち着くと、再び中に収めたままの指をゆるゆると行き来させてきた。

それも今度は親指の腹で突起を弄《いじ》り、入り口と中を同時に刺激してイったばかりの明日香に追撃をかけてくる。

「けど、だからこそ、手抜きはできない。ちゃんとしないと……、逃げられたら困る」

「そんなはずないでしょうっ。んんんっ、そこ……だめっ」

濡れそぼった茂みの中に、そして外に、明日香は自身の弱点が潜んでいたことを東宮の手で暴かれる。

「恥ずかしいぐらい感じるから？」

全身が痺れてどうしようもない。

それなのに回を重ねるごとに「もっと」と激しく求めてしまいそうになる。

明日香はそこに触れられ、羞恥心《しゅうちしん》さえ忘れて、東宮の問いかけに頷いた。

「も、いいから早く来て……。苦しいの。どうしてかわからないけど、気持ちいいより苦しいの。だから」

気持ちいいのに、とても怖い場所がある。

快感を超えて、何かとてつもなく恐ろしい世界へ飛ばされそうな不安が湧き起こる領域がある。

それがなんなのかは、明日香にはわからない。

（セックスって、ただ気持ちがいいだけじゃないの？　どうしてそこに、罪の意識を覚えるほどの快感が存在するの？）

ただ、そこへ一人では行きたくないと心も身体も訴える。

だから、東宮を自然と求めてしまう。

私って、なんていやらしいのかしら――と思うのに、そう思うこと自体が得体のしれない快感になって、明日香の身体をうずかせていく。

「わかった。ちょっと弄《いじ》りすぎたみたいだな。ごめんよ、明日香」

東宮は、いったん明日香から手を離すと、枕元に用意してあったコンドームを手にした。

片時も抱擁を解くことはない。

だから、明日香も安心して、彼がそれを装着するまでの行程を、恥ずかしがりながらも、目で追うことができる。

「そうだ。今度これを明日香に着けてもらおうかな」

「え？」

ニヤリと口角を上げ、片手でそれを着けるときの東宮は、とてもいやらしくて、艶《なま》めかしかった。

切ったパッケージから中身を取り出し、それを自身へかぶせていくときの肩や二の腕のラインが男らしくて、それでいて綺麗で、明日香はこんな一瞬でも興奮を高めさせられる。

「力抜いて」

準備が整うと、東宮はすぐさま明日香の入り口を捉《とら》え、中へ入ってきた。

「――あんっ」

十分ほぐされ、潤《うるお》わされた茂みの奥は、最初のときからは考えられないほど、彼を柔軟に受け入れた。

これで一人じゃなくなる。

そんな安堵が、わけのわからない恐怖を取り除いて、明日香に快感だけを残す。

「少しは慣れてきた？」

「聞かないでよ、そんなこと」

明日香は東宮の背に両腕を回すと、いっそう奥へ彼自身を導いていく。

「なら、これも多少はいいって思えるようになってきた？」

「もっと酷くなってるしっ……、ぁぁん」

東宮自身が限界まで入り込むと、その後は彼の動きを懸命に受け止めるだけだ。

「反応が可愛いから、つい……、言いたくなるんだ」

「それを言うなら……、反応がおかしいから……でしょう」

今はまだ、これが精いっぱいだった。

きっと世間一般のカップルから見れば、もっと女性からも何らかのアクションを起こすべきだと叱られてしまいそうだが、それはまだ先の話だ。

そのうちに彼自身にコンドームを着けるという難題を出されそうだが、そうなったらそうなったで、きっと明日香は頬を染めながらもトライするだろう。

このあたりのさじ加減は、すべて東宮が握っている。

「それもあるけど……、でも可愛いほうが若干勝ってるから」

「若干って何よ。もう……んんんっ」

きっと、今はまだ求めてこないだけで、東宮にも明日香から見せてほしい、口にしてほしい〝愛の形〟や〝言葉〟はたくさんあるはずだ。

しかし、こんな夜の過ごし方があることを知ったばかりの明日香に、東宮は過度な要求はしてこない。

会うたびに、こうして求めはするものの、東宮自身も明日香の緩やかな成長を愉《たの》しみながら、〝初めての男〟を満喫しているようだった。

「ほら、そういうところが」

「意地悪――んっ、ぁっん」

なんて幸せでエッチな意地悪だろうか？

明日香は東宮が達すると同時に、自分も再び達していた。

「明日香……っ」

全身で彼がイったことを感じ、それが明日香にとっての至福になる。

「貴道……さ……」

明日香は無意識のうちにキスをねだり、彼の唇を探った。

東宮はそれを嬉しそうに見つめ、優しく唇を合わせた。

明日香が東宮との付き合いで〝満たされている〟と感じることは、他にもあった。

職場恋愛とはいえ、東宮とは何時間一緒にいても、話題が尽きない。情事のあとにベッドでじゃれているときでも、自然と話が盛り上がる。

これは、セックスの相性がどうこうという以上に、嬉しいことだった。

逆を言うと、自宅と職場の区別がなくなりそうだが、それはそれ。

職場ではまず出ない話題を話すことから意外にオンオフの切り替えもでき、楽しめたのだ。

「それにしても、女の子たちってすごいな。気が付いたら、噂になってるなんて」

「噂？」

「明日香に恋人ができたらしいって。いったいどこでばれるんだろう。さすがに相手が俺だとは思ってないみたいだけど」

「――それは、たぶん。あれのせい」

ただ、東宮からふられた今日の話題に関しては、明日香は申し訳なく思いながら肩を窄《すぼ》ませた。

「あれ」と指で示され、東宮はベッド脇に落とされた明日香の衣類に目を向ける。

「下着？　あの、すごく凝ったやつ？」

「そう。貴道さんと付き合うって親友の蘭に報告したときに、彼女にすすめられたんだけど、実は勝負下着の代表的メーカーのものなの。それこそ、結婚式みたいな特別の日に選ぶような。それを、この前気合い入れのつもりで仕事に着けていったら、ロッカーで見られて、私が勝負かけてるって話になっちゃって」

付き合い始めて間もないカップルの話題に、堂々と下着の話が出ることはあまりないかもしれない。

だが、明日香が結婚式を絡めて説明したためか、東宮も普段の話題となんら変わりなく受け止める。

「ふーん。そんなに有名なんだ」

「お値段もいいから、なかなか手が出ないんだけどね。でも、だからこそ有名なメーカーかな」

「なら、それブライダルフェアの特典に入れてみようかな」

「え？」

それどころか、突然「それはどこの部署の話？」と、聞きたくなるようなことまで言い出す。

「これからブライダルシーズンに突入だろう。集客のために、いろんなプランが出てるんだけど、どうせプレゼント企画をするなら、記念になるものがいいかなって。だから、うちで式を挙げてくれたカップルへの特典の一つとして、加えてみるのもありじゃない？」

フェアだのプランだのを考えるのは、宴会課とも何かと関わることが多い、宣伝部だ。

東宮の立場で、いや、あらゆる部署に目を配っている東宮だからこそ、思いついた企画かもしれないが、それにしたってずいぶん大胆だ。

配膳事務所を切るのも、こうした新規の取り組みにも、まるでためらいがない。

それなりの決定権を持っているという強みもあるのだろうが、その分責任も負っているはずだ。

それにもかかわらず、こうと決めたら、実行あるのみなところが、明日香は凄いと思っていた。

この勢いだからこそ、明日香も、思い立ったが吉日のノリで落とされたのだろうが、なんにしたって有言実行型だ。

きっとこの話も、明朝にも正式決定するだろう。

明日香が和室のチーフなんてこれまでなかった役になったのも、このノリで決められたに違いない。それも朝の会議中か何かに。

「もちろん、いくつかあるプレゼントの中の、選択肢の一つとしてだよ。当日着用希望の場合は前もって渡せばいいし、そうでなければ、後日カタログから好きなものを選んで通販で取り寄せ。これなら、人目を気にする人でも、手を出せるだろう」

とはいえ、目の前でプランを着々と練っていく東宮に、明日香は心が弾んできた。

「素敵だけど、恥ずかしいかも。あ、でも、逆に考えたら、ホテルからのプレゼントだったのよっていう口実があるから、堂々と手にできるし、普段でも着られるかな。それに、そのあとにも、結婚記念日とかに引っ張り出して思い出に——なんていうのもあるかもしれない」

これが職場なら、明日香は社内公表されるまで、話を耳にすることはない。

それが、何気ない明日香の言葉が、今、目の前で新たな企画の一つになろうとしている。

「だろう」

しかも、満足げな男の笑顔付きだ。

浮かれないわけがない。楽しくないわけがない。

明日香も満面の笑みで、東宮に「うん」と返す。

「それにしても、こんな他愛のないことまで、仕事に繋げてるし」

「あ、ごめん」

「ううん。このほうが楽。それに楽しい。無理に話題を探すより、私たちに合ってる気がする。だって、結局仕事馬鹿でしょう。お互いに」

「それもそうだ」

そう言って抱き締められた明日香は、幸せという言葉を実感していた。

「俺も、明日香といると楽だし、楽しいよ。話がどこへ転んでも、こうやって受け止めてくれるし、嫌な顔もされない。それどころか、気持ちを分かち合えるなんて、最高だ」

「貴道さん……っ」

愛される喜びを実感していた。

「なんか、またほしくなってきた」

「え？　どうしてそうなるの」

「明日香はならない？」

「それは、その……。なってきたかも」

ああ、だからこんなにも彼がほしくなる？

明日香は東宮を抱き締め返す。

「よかった」

「貴道さん」

出勤までのひとときを、東宮の腕の中で過ごした。

＊＊＊

しまった——そう思ったときには大概手遅れになっているものだ。

明日香が東宮と付き合い始めたことが職場で噂になったのは、四月も下旬に入ってからだった。

「ねえ、聞いた？　明日香さんと東宮副支配人の話」

「聞いた聞いた。朝方、東宮副支配人のマンションから一緒に出てきたのを見た人がいるって話でしょう？　大胆よね〜。勤め先の目と鼻の先だっていうのにさ」

原因は簡単なことだった。

二人で過ごす時間が増えた東宮のマンションが、あまりに職場に近すぎたのだ。

誰が見たのか、明日香は東宮と共にマンションから出てきたところを目撃されていた。

おかげで、半日もしないうちに、ホテル内はこの話で持ちきりだ。

「そう？　別に二人とも大人なんだし、恋人同士なら普通じゃない？　それより、心配なのは、このまま付き合った挙げ句に結婚でもしちゃった場合よ。それって、どんな面子《メンツ》でサービスするの？　大広間？　和室？　これこそオールウエーターだったら、私たちは紛れ込めないじゃない」

「話、飛びすぎ」

「でも、こういう話って、出たら早いのはお約束でしょう」

「え？　でも、それでサービスがオール香山派遣だったら、もっとシャレにならないわよ。双方からのオールウエーターでも、凄いものがあると思うけど」

人によって受け止め方は違うが、それでも明日香に好意を抱く者たちの話は、比較的笑って済ませられる類《たぐい》が多かった。

「ぷっ。総支配人が仕切ったりして」

「うっははは。ありそう!! でも、絶対にオールウエーターはなしにしてもらわないと、覗きに行けない! ここは死守してもらわないとね」

一緒に仕事をしたことがある女子は、勝手に話を結婚披露宴まで飛ばす。

「すげえよな。世紀のビッグカップルだぞ。ってか、さすが明日香さん。釣った魚の大きいこと。いや、この場合は、東宮副支配人が釣ったのか？ なんにしたって、大物同士だよな。こうなると二人きりのときの会話が知りたい。絶対に、夜中まで翌日の宴会の打ち合わせとかしてそうだけどさ～」

親しい間柄のスポットならば、ひたすらはしゃいでお祭り騒ぎ。

「海斗……。それって空元気？」

「何が？」

「だって、あんた明日香さんのこと好きだったんじゃないの？」

「好きだよ。だから、東宮副支配人なら言うことなしっていうか、安心じゃねぇ？ なんていうのか、こう――姉貴を嫁に出す心境？ いや、姐《あね》さんを慕う舎弟の心境としては、半端な男に手を出されるぐらいだったら、玉の輿やっほーって感じだろう」

「あ、そういう好きだったんだ」

中には海斗のように心配された立場の者もいたが、それが取り越し苦労だとわかると、凛子は安堵し気が抜けた。

「凛子もだろう」

「そう言われたら……。えーっ、でも、なんか悔しくなってきた」

「何、お前のほうこそ東宮副支配人が好きだったの？」

「違うわよ。デートに時間取られて、明日香さんに遊んでもらえなくなっちゃうじゃない。最近飲み会もご無沙汰だし、つまんないでしょう」

余計な心配が消えたせいか、かえって自分の欲がむき出しになり、今度は海斗を心配させる。

「あ、そういう悔しいね」

「もう、明日香さんっ。少しは私も構ってよっっっ」

それでも、このあたりはまだマシだ。

東宮が目を光らせているメインタワーの洋室担当者たちは、驚く、騒ぐがいいところで、特に悪意はない。

しかし、サブビルの和室担当、明日香の周りはそうもいかなかった。

「吉川。そうしょげるなって。スポットに持っていかれたなら落ち込んでも仕方ないけど、相手が相手だ。この負け戦は恥にはならないだろう」

この話を耳にして、最初に「外した！」と口走ったのは、誰であろう吉川の先輩であり同期だった。

彼らはこの突然浮上した〝伊藤明日香争奪戦〟を競馬に例えて予想を展開、実は自分たちも楽しみながら吉川を応援していたのだ。

「そういう問題じゃない。こっちはまだ出陣もしてなかったのに」

「なら、無傷で済んだと思って」

「思えるか」

彼らが予想していたレース展開がこうだった。

本命、恋人という噂があった課長、岩谷。

二番人気、付き合いが長いスポット、海斗。

あとから参戦した吉川は今のところ分が悪いが、彼は現在もっとも明日香の近くにいる。

今後の展開次第では、十分勝利できるはずだと予測し、まずは明日香に吉川がここでのベストパートナーであることを印象づけようと気を配っていた。

が、ここに来て突然副支配人、東宮の登場だ。

これはもう、大穴どころの騒ぎではない。

彼らにしてみれば、馬主かスポンサーが出てきたとしか思えない状況だった。

「はー。こりゃ、しばらくやけ酒だな」

「付き合うしかないですけどね」

慰めようもないとはこのことで、ただただ黙って見守ろうと決める。

しばらく荒れるだろう吉川のフォローをし、和室の平和を守ろうとしていた。

しかし、どれほど彼らが頑張ったところで、ここは一種の大奥だ。所詮は九割以上が女性という女の園だ。

「信じられない。どこまで人騒がせなのかしら」

「だいたい、これっていいわけ？　社内恋愛ってあり？　たとえあっても、普通は極秘にしておくものでしょう？　だって相手は東宮副支配人よ。これで社員に示しがつくの？」

そうでなくとも明日香に反感を持っていた女性社員たちは、嫉妬も露《あら》わにまくし立てた。

相手が岩谷や海斗でも文句を言うだろうが、東宮となったら、それに怒りまで加わる。

何故なら東宮は、もともと女性社員・スポットたちの憧れの存在だ。

〝みんなに平等でいてほしい〟

たとえプライベートであったとしても、一人の女性社員に入れあげることはしてほしくないのがファン心理というものだ。

「でも、野口にはチャンスかもよ」

「どうして？」

「だって野口、吉川に気があったんでしょう。アタックするなら今かなって」

「そっか。野口、おとすなら今よ」

中には、これをチャンスと取った者がいたが。

「うるさいわね。ほっといてよ。何がチャンスよ、冗談じゃないわ。あんな、伊藤の犬なんか。ふんっ！」

おかげで野口の怒りは計測不可能レベルまで上昇。同僚にまで八つ当たりする羽目になった。

「あ、やばかったか……」

「まぁ、だよね。好きだった男が、嫌いな女になびくことほど腹立たしいことってないもんね」

さすがにこれには反省してか、同僚たちもしばらくこの話は口にしないことにした。

その結果、自然と明日香と東宮の話も消滅する。

明日香にとっては、棚からぼた餅だ。

「野口さん。どうしたの？　顔色悪いわよ」

ただ、どんなに彼女たちが黙ったところで、その分野口が暴れ出したら意味がなかった。

「だから何？　人の顔色を気にする前に、自分の首回りでも気にしたらいかが？」

「え？」

明日香は突然の切り返しに、首筋に手をやった。

まさか東宮に限ってとは思ったが、これはもう条件反射だ。

「嘘です。馬鹿みたい。っていうか、朝までやってきましたって言ったも同然ですよね。信じられない」

「野口さん」

野口にはめられただけだったが、明日香は反論できずに肩を落とした。

嘘でも「やってないわよ」と言えないところが嘆かわしい。

いっそ「だから何？」ぐらい言えればいいのだが、そんな度胸は明日香にはなかった。

社員に向かって「辞めちゃいなさいよ」とは言えても、この手の話にはからっきしだ。

「私、公私の区別をつけられない人って大嫌いなんです。じゃあ」

泣くに泣けず惨敗だった。

「……っ」

こんな時に限って、いつも慰めてくれる、凛子も吉川も傍にいない。

「どうした、伊藤。今日は那賀島社長の宴会だぞ。調子が悪そうなら、野口は外していけよ。何かあってからじゃ遅いからな」

「はい。大丈夫です、瀬川部長。野口さん、いつも以上に元気でしたから」

「そうか。ならいいが」

それでも明日香は、野口を信じた。

仕事に入ったら、集中してくれる。

以前のように、わざと粗相を誘うようなことは二度としない。

自分であれだけ公私の区別を口にしたのだから、彼女自身もそれを守ってくれる。

どんなに明日香に腹を立てていたとしても、それを宴会場には持ち込まないと。

しかし――

この日、ホテルの大株主でもあり、お得意様でもある那賀島建設社長主催の宴会で、取り返しのつかない事故は起こった。

「何よ、自分ばっかり幸せそうな顔しちゃって。出世して、男作って、世界中の幸せ掴んだような顔をして、腹が立つ」

義務的に仕事はしていたが、誰の目から見ても、野口の機嫌が悪いのは明らかだった。

（大丈夫かしら、野口さん）

これまで身につけてきた技術でカバーしているが、いつになく雑な仕事ぶりが目につく。

やはり、何か起こる前に裏へ回そうか？

そう、考えたときだった。

「あ、こっちだこっち。その湯葉の鍋はこっちに持ってきてくれ」

「はい……っ！」

野口は追加オーダーされた鍋を運ぶ途中で畳の縁に足を取られて、体勢を崩した。

「危ない！」

それで鍋を自分の足元にでも落としたのならまだよかったのだが、勢い余って彼女を呼んだ那賀島に向けて中身をぶちまけたのだ。

那賀島の傍で接客していた明日香は、咄嗟《とっさ》に手を伸ばして、着物の袖で那賀島を庇《かば》った。

「うわっっっ」

鍋の中身は湯葉用の豆乳で、本来ならば卓上に置いてから加熱し、仕上げるようになっていた。

ただ、オーダーしたのが気の短い那賀島だったことから、厨房の配慮で、卓上の電磁調理器に置いてすぐに食べられるように、七十度近くまで温められて運ばれていた。

これをまともに被ったら、ただでは済まない。

明日香の機転で八割程度は防げたが、それでも袖の下をくぐって飛び散った分が、那賀島の足元にかかって悲鳴が上がった。

「社長！」

「お前、なんてことを‼」

「申し訳ございません。野口さん、冷たいおしぼり持ってきて」

楽しい宴のはずが、一瞬にして大騒ぎになった。

明日香は手元にあったおしぼりや、着物の袖の渇いたほうを使って、とにかく那賀島の足元を拭《ぬぐ》っていく。

「え？　でも」

「いいから早くして」

「はいっ」

自分のミスの大きさに驚き、野口はすっかり混乱していた。

「伊藤さん、これ」

「明日香さん、これも」

「ありがとう。大丈夫ですか、那賀島さま」

「っ……っ」

冷たいおしぼりをかき集めてきた凛子たちも、すぐにその場の収拾に当たるが、騒ぎは広がるばかりで収まる兆しがない。

「大丈夫ですか、那賀島さま。申し訳ございませんでした。すぐに手当てさせていただきますので、どうかこちらへ。本当に、申し訳ございません」

瀬川がすぐに駆けつけ、対応するも、主催者に起こった事故だっただけに、その後の宴が危ぶまれた。

「ああ。わかった。おい、お前ら。俺はいったん部屋を出る。あとはどうにか仕切っとけ。時間内に戻れるかどうかわからないから、来賓には後日、俺から挨拶に行く」

「はい」

「俺のことはいいから、この場を頼んだぞ」

「わかりました。社長」

那賀島は側近たちにこの場を任せると、瀬川の手を借り、その場から立ち去った。

明日香もすぐさま吉川と野口を呼びつけると、

「吉川くん、凜子たちとこのあとをお願い。野口さんは私と一緒に来て」

「はい。わかりました」

「はい……。わかりました」

野口だけを同行して、瀬川たちのあとを追った。

＊＊＊

連絡を受けた総支配人が那賀島の部屋へ駆けつけたのは、ものの数分後のことだった。

「申し訳ございませんでした。私どもの不注意から、なんとお詫《わ》びを申し上げてよいのか」

思いがけない熱さと衝撃に驚き、那賀島も最初は声を上げたが、いざ部屋に戻ってズボンを脱ぐと、少し赤くなった部分はあったが、無傷に近い状態だった。

そのことに明日香はホッとし、そして野口も安堵した。

だが、那賀島は自室用のワイシャツとスラックスに着替えると、リビングのソファに腰を下ろして、謝罪に訪れた総支配人に怒りをぶつけた。

「本当だよ。これが大事なお客様への失態だったら、俺の立場がなくなるところだ。どういうつもりなんだ、まったく。和室の配膳は全員素人か？　バイトか？」

何を言われたところで、この場は謝罪するしかない。

瀬川の背後に控えていた明日香は、那賀島の前まで出ていくと、その足元に膝を折って三つ指をついた。

「申し訳ありませんでした。ミスをしたのは私です。そして、那賀島さまのテーブルの担当者も私です。いかようにもお叱りください」

誠心誠意頭を下げて謝罪する。

「そうだったか？　俺に鍋をひっくり返したのは、そっちの若いほうじゃなかったか？」

「いいえ。彼女の粗相の原因を作ったのは私です。注意が足りませんでした。本当に申し訳ございません」

明日香は野口を信じたことが間違いだったとは思っていなかった。

ただ、そのために、こうした粗相が起こったのは事実だった。

そうでなくとも、瀬川は「外せ」と言った。

それを「大丈夫です」と受け流したのは、他の誰でもなく明日香自身だ。

明日香は自分が野口を信じたいがあまり、結果的には判断を誤ったことを後悔していた。

信じたい気持ちと冷静な判断が必ずしも同じとは限らない。

時には切り分けて考えることも、不可欠だと痛感したのだ。

「ふーん。まあいい。人間誰しも間違いはある。失敗のない奴はいない。このあとの話は、社長とつける。もう、出ていっていいぞ」

しかし、そんな明日香や総支配人たちに、那賀島は「去れ」と言ってきた。

「那賀島さま」

明日香はこれがただの温情だとは思えなくて、つい彼の名を呼んでしまう。

「伊藤。お前とは何かと縁があるからな。今回だけは顔を立ててやる」

あっさりと許された理由に驚いたのは総支配人や瀬川たちだった。

「――申し訳ありません。ありがとうございます」

決して寛大な心をもって許されたとは思えなかったが、明日香はいったん引くことにした。だが、後ろ髪を引かれるような思いを振り払えない。

「お前たち、知り合いだったのか?」

その後、総支配人が本日は別件で不在だった社長を呼びにホテルを出ると、明日香たちはいったん和室の裏へ戻った。

「知り合いと言うほどでは。那賀島さまとはスポットの時代から、いろんな会場でお会いしてきたんです。特にここへ来てからは、大広間で——。那賀島さまは、すごく人の顔と名前を覚えるのが得意な方で……。それで」

和室の中では、宴会がまだ続いていた。

どうにか残された者たちが場を盛り返し、このまま予定時刻まで続行のようだ。

「そうか。なんにしても、言葉どおり穏便に済ませてくれるといいが」

「すみませんでした」

「できることはした。あとはいったん、社長たちに任せよう。これ以上は、我々の立場でどうこうできることじゃない。結果を待とう」

「はい」

山のように気がかりはあるものの、瀬川や明日香にできることは、早く気持ちを切り替えることだけだった。

今はこの宴会を無事に終わらせる。

これ以上何事もないよう、粛々《しゅくしゅく》と進行を見守り、また指揮を執るだけだ。

だが、野口だけは別だった。

「大丈夫よ、野口さん。突然だったから、お客様も驚かれて騒ぎになったけど、豆乳も思ったよりは温《ぬる》かったし。実際、火傷《やけど》もなかったんだから」

明日香は優しく声をかけたが、今日は帰すと決めた。もしくは、裏で何があっても支障のない雑用をさせるのが限界だ。

しかし。

「かっこつけないでください。あれは私のミスです。私が勝手につまずいて、お客様に……。伊藤さんは何もしてないじゃないですか。どうしてそれを自分が悪いなんて。そんなにいい人ぶりたいんですか?」

野口は逆ギレし、文句を言ってきた。

庇《かば》われたことが、かえって彼女を追い詰めたのかもしれないが、今日ばかりは明日香もそれでもいいと感じていた。

なぜなら、これを機会に明日香は野口に知ってほしかった。

会社組織の中に、どうして上に立つ人間がいるのか。それがたんなる実力や出世の形、命令系統を表すものではなく、それ以上に責任の所在を示すものであることを。

「そうね。私は、何もしてないわ。突然で何もできなかったから。けど、だからこそ私のせいなのよ」

「は?」

「あなたがミスをしたのは、事実。けど、那賀島さまの目の前にいた私が、咄嗟《とっさ》に庇えなかったのは、私のミス。あれを、丸ごと私が被れば、ここまで大きな問題にはならなかったわ。あなたに注意して、それで済むことよ。でも、結果的にこうなってしまったでしょう?」

「わけがわからないわ。あなた何様? そんなに何でも自分ができるとでも思ってるの?」

「思ってなくても、そうしなければならないのが私の仕事であり、責任なの。実際、現場で何が起こったか、何も見てないのに部長や総支配人たちは一緒に頭を下げたでしょう。そしてこれから、社長も同じことをするのよ。それが人の上に立つってことなの。いい加減にそれぐらいわかりなさい。あなたにだって、後輩はいるでしょう？　それはいずれ上に立つ日が来るってことよ。下がミスをすれば、代わりに謝罪する日だって来るってこと」

「――っ」

明日香は野口が大きなミスをした直後だからこそ、この現実をはっきり伝えたかったのだ。

「とにかく、気持ちの乱れが大きな粗相に繋がるってことはわかったでしょう？　私が言えることは、だから気持ちが切り替えられないときには、裏の仕事を進んでするのも、大切だってこと。それが嫌なら、私情はフロアに持ち込まない。これに徹することのできる自分を作りなさい。いいわね」

そして、この場から野口を帰すより先に、「ちょっと着替えてきます」と瀬川に合図し、その場を去った。

「何よ……。なんなのよ」

「野口」

「怒るなら怒ってください。首にでも何でもしてください。これじゃあ、生殺しです」

「俺は同じことを何度も言うつもりはない。それよりこれを伊藤に持っていってやれ」

納得がいかないと悲憤を露《あら》わにする野口に、瀬川から救急箱が差し出される。

「？」

「気付かなかったか。那賀島社長が無事だったのは、たぶん中身の大半をあいつが被っていたからだぞ。伊藤の濡れた袖の下、真っ赤だった」

「なっ。伊藤さんの袖が濡れていたのって、布巾代わりにしただけじゃなかったんですか？」

野口は、自分が体勢を崩した拍子に、鍋の中身を那賀島のほうにぶちまけたことまでは、理解していた。

しかし、鍋そのものを落とさないよう、また自身が転倒しないようにと意識が行ったことで、那賀島が悲鳴を上げた瞬間、どうなっていたのかがあやふやだった。

怖々と現実を見たときには、明日香が自分の着物の袖やおしぼりで、まかれた豆乳を拭《ぬぐ》っていた。

だが、言われてみれば確かにそれだけとは思えない汚れ方だった。

布巾代わりにするだけなら、二の腕のほうまでは汚れない。

「どうせ言っても聞かない奴だから、先に手当てしろとは言わなかったがな。ほら、わかったら行ってこい。鍋の中身がどういう状態だったか、一番わかってるのは運んでいたお前だろう」

「はいっ」

野口は、預けられた救急箱を持って、すぐに明日香を追いかけた。

一方、明日香は人目を避けるようにして洗い場へ行くと、すでに冷たくなっている着物の袖をまくり上げて、二の腕から手首までを一気に水で冷やした。

東宮が白くて綺麗だと褒めてくれた肌は、赤く色を変えている。

(痛い……。本当に、まともに被せてたら、大変なことになってたわ。けど、ここまで被って、庇《かば》いきれなかったところが痛恨のミスだわね。そうでなくとも那賀島社長は、当社のお得意様であり、株主。社長……、何か無理を言われていないといいけど……)

人の皮膚が火傷《やけど》を負う温度は、だいたい七十度。

豆乳が膜を張って湯葉が出来上がる温度は、だいたい八十度。

鍋は厨房の絶妙な火加減で、中の豆乳に膜が張る幾分前に運ばれてきた。

明日香にしろ那賀島にしろ、「熱い」と感じることはあっても、実際大火傷に繋がらなかったのは、この温度のおかげだ。

大量に被った明日香にとっては、制服の着物自体に簡単な防水加工が施されていたのも、不幸中の幸いだった。

(貴道さんが留守のときでよかった。って、これはそうとう個人的な意見だけど)

明日香にとって、今の時間に東宮がホテル内にいなかったことも幸いの一つだ。もし彼がこの場にいたら、さすがの明日香でも泣き崩れそうだった。

火照《ほて》った腕がジンジンと痛む。

冷やしても冷やしても、なかなかしびれが治まらない。

「も、いっか」

それでも、あとに残るほどではないと判断すると、明日香はメインタワーに移動し、クリーニングルームで着替えをもらうと、汚れた着物をロッカールームで着替えた。

その後、再び脱いだ着物をクリーニングルームに出してから、サブビルの和室へと戻る。

「あ、伊藤さん」

「はい」

すると、和室の手前で客室係の青年に呼び止められた。

「あの、これ。ＶＩＰルームの那賀島さまから渡してほしいって頼まれたんですけど」

「那賀島さまから？」

「はい。なんでも〝さっきは怒りすぎたから〟って伝えてもらえればわかるからと」

「そう。ありがとう。あ、このことは」

何かと思えば、小さくたたまれたメモだった。

「守秘義務は承知してます」

「さすがね。本当にありがとう」

「いえ」

明日香はその場で客室係の青年と別れると、人目を忍んでメモを開いた。

中にはたった一言、すぐに部屋まで来いとだけ書かれていた。

（さっきは怒りすぎたから……か。って、今もめいっぱい怒ってるじゃない。絶対にこれって、まだ怒り足りないから怒らせろ。怒られに来いってことでしょう？）

否応なしに、大きな溜息が出た。

（いや、それしかできない。粗相をしたら謝る、怒られるは鉄則だもの。誠心誠意謝罪して、許してもらうしかないものね）

明日香はメモを小さくたたみ直すと、着物の懐《ふところ》にしまい込んで、再びメインタワーに足を向けた。

「伊藤さん！」

だか、目の前に立ちはだかったのは、救急箱を手にした野口だった。

息を荒くし、顔をこわばらせて、明日香に近づいてくる。

「どこへ行くつもりなんですか？　まさか那賀島さまのお部屋じゃないですよね？」

「いいえ。行ってくるわ。もう一度謝罪してくるから、部屋のほうお願いね」

間の悪いことに、今のやりとりを見られていたようだ。

明日香は野口に向かって、あえて笑うと、それで済まそうとした。

「一人でですか？」

「すぐに戻るわよ。それよりこれ以上騒ぎを大きくしたくないから、このことは黙っててね」

「でも、伊藤さんだけを呼び出すって、何か変でしょう」

それでも野口は明日香の前からどこうとしない。

その姿や表情は、明らかにこれまでの彼女とは違っていた。

明日香が単身、那賀島のところへ行くのが、心配でならない。

ここで阻止したい。

そんな気持ちでいっぱいなのが、明日香にも十分伝わってくる。

「いいから、黙ってて。絶対に瀬川部長にも言っちゃだめよ。お願いだから、一つぐらい言うこと聞いて。わかったわね」

だが、そんな野口を退《しりぞ》けると、明日香は那賀島のところへ向かった。

「伊藤さん……っ」

野口は救急箱を両手で強く抱えながら、どうすればいいかわからず、しばらく立ち尽していた。

すると。

「あ、君」

「はい」

聞き覚えのある声に、振り返る。

「今戻ってきたんだけど、瀬川部長や伊藤さんはいる？」

「――東宮副支配人」

明日香と入れ違いに現れた東宮に、野口は大きく双眸《そうぼう》を見開いた。

8

メインタワーのエグゼクティブフロアに向かうと、明日香は意を決して、那賀島が長期滞在しているスイートルームのインターホンを押した。

「失礼します。桜の間担当の伊藤ですが、改めてお詫《わ》びに伺《うかが》いました」

「なんだ。本当に来たのか。今時律儀な女だな」

部屋の扉はすぐに那賀島自身によって開かれた。

明日香は不思議そうに見下ろしてきた那賀島に、思わず「え？」と聞き返しそうになる。

自分から呼びつけたくせに、どういうことだろうか？

「まあいい。入れ。さっきは大して話もできなかったからな」

「はい」

真意を聞く前に中へ通され、扉が閉められた。再び緊張が戻ってくる。

那賀島の機嫌が特別悪くないのは理解できたが、こうなるとなんのために明日香が呼ばれたのかがわからない。

それとも、出入り口で怒鳴るのは避けただけだろうか？

奥まで行ってから豹変か？　罵倒《ばとう》か？

明日香は言われるまま那賀島のあとについて、入り口から繋がるリビングルームへ足を踏み入れた。

すると、那賀島はつい先ほど自分に用意されたが、使用することのなかった救急箱を手にして、

「まずは、右腕を出せ」

明日香にソファへ座れと目配せをしてきた。

「え？」

「俺が無傷で済んだのは、その腕のせいだろう」

もしかして、このための呼び出しだったのだろうか？

明日香は痛む右腕をさすりながら、どうしたものかと考える。

「いいから袖をまくって見せろ」

「あ、はい」

しかし、那賀島が短気なのは、明日香も十分承知していた。

明らかに厚意だとわかることに対して戸惑いを見せれば、せっかく良かった機嫌が次の瞬間には悪くなっているかもしれない。

それは明日香としても避けたいところなので、この場は素直に従った。

ソファに浅く腰をかけると、遠慮がちに右腕の袖をまくり上げる。

那賀島はそれを見ながら明日香の前にしゃがみ込むと、眉間に深くしわを寄せた。

「あーあー。すぐに冷やさなきゃいけなかったのはこっちだっただろうに、なんで騒がないんだ、お前は。どんなに大した女じゃなくても、傷を残すのはまずいだろう。それこそ嫁入りに関わる」

軽く言ってはいるが、那賀島の言葉の端々からは、後悔が感じられた。

これなら全部自分が被ったほうが良かった、そう言わんばかりだった。

（那賀島さま……）

明日香はただただ申し訳なかった。

粗相は粗相でも、やはりこの手の粗相は最悪だ。

物が壊れる、失言が飛ぶなど粗相の種類はいくつもあるが、怪我に繋がるものは、やはり一番避けなければいけない。特に那賀島のように、自分が無事ならそれでいいとは思えない相手ならなおのことだ。

「まあ、お前の気性だと、これが私の仕事ですとでも言うんだろうけどな」

那賀島は、大きめな容器に入った軟膏をたっぷり指ですくうと、赤みが残る明日香の腕全体に塗りつけて、油紙を宛《あて》がってくれた。

その上から包帯を巻き、簡単ではあるが治療を終えると、残りの軟膏は持って帰って、お前が使えと手渡してきた。

「なんだ、図星で驚いたか。これでも女の性格を見抜くのは得意なんだ。遊んできたからな」

至れり尽くせりで明日香が恐縮していると、那賀島は笑って立ち上がった。

「それにしたって、勇者だよな。仮にもここはホテルだぞ。いくら客でも男の部屋に呼ばれて女一人で来るんだから、それ相応の覚悟はあるって思っていいんだよな?」

改めて明日香の隣に腰を下ろすと、軽く肩を抱いてくる。

「どのような覚悟でしょうか? 私は改めて謝罪に伺《うかが》っただけですか」

明日香は焦って身体をずらし、立ち上がろうとした。が、それは那賀島が許さない。

「だったらてっとり早く、身体で詫《わ》びろ。今夜はお前らのせいでしらけた。少しは俺を愉《たの》しませろ」

「那賀島さま!」

突然ソファに倒すように引き戻されて、とうとう驚きの声を上げた。

「別にいいだろう？　これで何もなかったことにしてやる。さっき頭を下げに来た社長にも、いい顔をしといてやった。持ち株を売り払うぞとも言わなかったし、慰謝料を払えとも言わなかった。寛大な処置だろう？」

一瞬のうちにのしかかられて、身動きが取れなくなる。

「けど、お前が言うことを聞かないなら、話は別だ。もう一度社長を呼び出して、奴の進退をかけてもらうことになるが、それでもいいか？　なんなら代わりに、さっきの若い女を呼んでもいい。あっちなら、黙って言うこと聞きそうだしな」

身体を捩《よじ》って、どうにか逃れようとしたが、巻き上げた髪を乱すだけで、身体のほうはびくりともしない。

さすがに身の危険を感じ始めた。

「まあ、そうはいっても、こんなの脅しにもならないか。所詮、社長やホテルがどうなったところで、一個人のお前には、なんの関係もないもんな。さっき庇《かば》った部下にしたって、仕事では庇っても、一個人に戻ったら、どうでもいいんだろう？　自分を犠牲にしてまで守る必要なんかないもんな」

しかし、いったい何が言いたいのかと思うような那賀島の発言に、明日香は危機感よりも怒りが上回ってきた。

「いい加減にしてください！」

「っ！」

那賀島の身体を突き放すと同時に、彼をキッと睨む。

「求められる謝罪が、正当なものなら、私はきちんと謝ります。土下座でもなんでもします。進退もかけます。首にしていただいても構いません。ですが、仕事だろうが個人だろうが、私はそもそも魅力のない男性に身体なんか許しません。先ほどのこと以外に、何があったかは存じませんが、今夜の那賀島さまは最低です。たとえ恋人や愛人にしてやると言われたところで、お断りです」

今夜の那賀島が変なのは、一目瞭然《いちもくりょうぜん》だった。

だが、腕の手当てをしてくれたまではいつもどおりか、むしろいつもより親切だったはずなのに、どうしたら立って座ったほんの一瞬で、こうも態度が変わるのか、それが明日香にはわからない。

「随分なことを言ってくれるな。たかが配膳人の分際で」

「されど配膳人です」

今だってそうだった。

動揺する明日香をよそに、那賀島は身体を起こすと、何事もなかったように、明日香を自由にした。

そしてソファにふんぞり返って、足を組む。

「はっ。何がされどだ。どんな言い逃れなんだよ、それは。やっぱりつけ込むなら、あの若いほうだったな。お前より若いし、可愛いし、あれは絶対権力には逆らわないタイプだ。今から呼び直すか」

「那賀島さま！」

「ただし、お前のように身を挺《てい》してまで俺という客やホテルの信頼を、守り抜こうとはしないだろうがな」

天井を見上げたかと思うと、溜息混じりにぼやいた。

「……那賀島さま？」

次に視線を明日香に向けたときには、どうしようもなく寂しげで、明日香は対応に困る。建設業界でブイブイ言わせてきた那賀島は、どちらかと言えば眼光鋭い強面《こわもて》だが、今は普段の迫力のかけらもない。

「本当、お前を見ていると、うちの幹部連中が軟弱に思える。傍にいたって、いざってときに社長の盾にさえならねぇ。ほんと、使えねぇ奴ばっかりだってわかったことのほうが、今夜は痛かった」

本人が口にしたように、今夜の那賀島は本当に痛々しかった。

しかし、言われてみれば、それもそうだと明日香は思った。

いくら本人が「俺はいいからこの場をどうにかしろ」と命じたにしても、幹部や社員の誰一人様子を見に来ないのは、どうしたものか。

鍋に関しては、咄嗟《とっさ》のことで手も足も出なかったにしても、その後の見舞いや、様子伺《うかが》いなら、特に気を回さなくてもできることだ。むしろ、自然な行為だ。

「まあ、俺の人選が悪かったのか、俺自身が嫌われてるのか。どの道救いようがねぇけどな」

(那賀島社長)

明日香は、すっかり気落ちしている那賀島を横目に見ながら、なんて声をかけていいのか、本気で困っていた。

那賀島の落ち込みに気を取られ過ぎて、リビングの奥にあるキッチンから、何人もの男たちが覗き見しているのにも気付かない。

そこにいる者全員が、今にも吹き出しそうになっているのを、必死で堪《こら》えている。

那賀島も明日香の目を盗んでそんな男たちに視線をやると、ニヤリと笑う。

何を目的としているのかはさておき、どうやらこれは質《たち》の悪い悪戯《いたずら》らしい。那賀島は、かける言葉を探して考え込む明日香に、今一度手を伸ばした。

「まあ、それでもお前が来てくれたから、少しは……」

そのとき、突然インターホンを連打されて、那賀島の眉がつり上がった。

「なんだ、いいところで」

その上、扉まで激しく叩かれ、憤慨も露《あら》わに扉へ猛進する。

「ここはＶＩＰフロアじゃないのかよ。なんなんだ、このうるさいのは」

明日香は、次々に起こる展開についていけない。かといって、このまま自分だけがソファに座っているのもおかしいので、那賀島のあとを追いかける。

すると。

「失礼いたします。こちらに当社の宴会課の者がお邪魔していませんでしょうか」

開かれた扉の向こうから現れたのは、仕事を忘れているとしか思えないほど険しい顔つきをした東宮だった。

「——いるが。それがどうした」

「この度のこと、お怒りはごもっともと存じますが、お話をされるのならば、まずは我々にご連絡をいただけないでしょうか。現場の者を呼び出して、直接というのは困ります」

明日香から見ても喧嘩腰で、とてもお得意様への対応とは思えない。いったい東宮に、何があったのかと驚かされる。

「なんのことだ。こいつが勝手に心配して、訪ねてきただけだぞ。別に俺は、さっきのことで話なんかないし、呼び出してもいない」

「しかし」

「すみません！　気にかかったもので、私が勝手にお邪魔したんです」

明日香は、とにかくここから東宮を離すことが先だと判断し、那賀島に話を合わせて、この場を収めようとした。

「那賀島さまとは、以前より面識がありましたので。それで……。もちろん、仕事中に訪ねたことは、私の判断の甘さでした。申し訳ありません。すぐに戻ります」

「――だとよ」

「さようでしたか。申し訳ありませんでした。こちらに勘違いがあったようです。後ほど、改めてお詫《わ》びに参りますので、先に、この者を現場に戻すことをお許しいただけますでしょうか」

勝ち誇った顔をしている那賀島に頭を下げるも、東宮の機嫌は悪くなる一方だ。

明日香はひやひやしながら、自分も那賀島に向けてぺこぺこと頭を下げる。

「ああ。勝手に来たんだから、勝手に帰ればいいだろう。ったく、いちいちうっとうしい男だな」

「申し訳ございませんでした」

結果としては、那賀島が東宮の要求を受け入れた形で、この場はお開きになった。

それでも東宮の形相は変わらず険しいままだ。

明日香が部屋から出ると、表には俯《うつむ》いて佇《たたず》む野口もいた。

「ちょっと来い」

「はい」

これはマズイのでは——。明日香は、またややこしい話が増えたのかと、頭が痛くなってきた。

それでも「来い」と言われれば、付いていくしかない。

東宮のあとを追うと、明日香は人気のない非常階段の踊り場まで導かれた。

話をするのに、こんな場所を選んでいるあたり、かなり公私混同だ。

これが業務的な話ならば、デスクルームに呼ぶのが普通だろう。

もしくは宴会部屋の裏か、いずれにしても、人目は避けない。

「どうして勝手な真似をした」

「すみませんでした。先ほども言いましたけど、那賀島さまとは面識もあったので」

開口一番憤《いきどお》りをぶつけてきた東宮に、明日香は謝ったが、頭は下げなかった。

「だからといって、個人的に呼び出されて、一人でのこのこ出向いていく奴がどこにいる。駆けつけるのが遅かったら、どうなっていたかわからないじゃないか」

「どうにもなりません。那賀島さまは、私の腕を心配してくださっただけです。こうして手当てもしてくださって。変な誤解しないでください」

東宮の態度がどうであっても、自分は勤務中の態度を貫こう。職務意識を持って、那賀島のことも説明しようと決めて、真新しい包帯が巻かれた腕をちらりと見せた。

「なら、その乱れた髪はなんだ」

しかし東宮は、日頃からきちんとまとめられた明日香の夜会巻きが、崩れかけていたことを見逃すような男ではなかった。

「あっ、これは」

明日香も明日香で、一度はソファに押し倒されただけに、言葉に詰まる。

着物に乱れはないし、実際キス一つされたわけではないのだから、どうとでもごまかせそうな気もするが、それを上手くできないのが明日香だ。

「軽率なのも大概にしろ。君に何かあったら、問題が大きくなるだけで、何一ついいことなんてないんだぞ。それに、そもそも火傷《やけど》をしていたなら、どうして先に医務室へ行かない？　やるべきこと、やらなければいけないことが、すべてちぐはぐじゃないか」

どう説明をしようか迷ううちに、東宮はますます怒りを大きくする。

「私は、お客様を信じてます。今回お怒りを招いたのは、こちらの不手際です。謝罪を求められれば、何度だって謝ります。ただ、それだけです」

「それは我々の仕事であって、君個人がすることじゃない。なんのために責任者がいるのかわからなくなるだろう」

「だからって、あんな乱暴な形で踏み込んでくるのも、どうかと思いますけど。お客様の立場を考えたら、できない行動です。恥をかかせます。そもそも那賀島さまは、本気で私をなんて思ってなかったはずですし、ただ腕のことを心配してくださっただけで……」

その上、ああ言えばこう言うものだから、とうとう東宮は明日香の肩を掴んで怒鳴りつけた。

「勘違いするな！　我々が守らなくてはいけないのは、お客様だけじゃない。君たち従業員もだ」

「――っ」

それは副支配人としての激昂《げっこう》であって、一個人のものではなかった。

東宮は、私情からこんな場所を選んだわけではなく、内容が内容だったことから、明日香の立場を考えて、あえて人目を避けたに過ぎなかったようだ。

「那賀島さまがどんな気持ちで、君個人を呼び出したのかは別の問題だ。私が今君に怒っているのは、どうして自分の判断で勝手をしたかってことだ」

明日香は、東宮が何を言いたいのか、痛いほどわかった。

「仕事上、料理を部屋に運んだというなら、それは君の仕事だろう。オーダーが入っているから、他の者も知るところだ。何の問題もない。だが、客室係でもない君が直接呼ばれて部屋へ行くのは、完全に仕事外だ。仮に客室係であったとしても、フロントの確認や許可もなく、部屋へ入り込むことはないはずだ」

東宮は、よりにもよって君が今更こんな話を自分にさせるな、いったい何年ホテル勤めをしているんだと、情けなく感じているかもしれない。

それぐらい、東宮が言っているのは、基本的なことだ。

閉鎖的な空間の中での約束ごとだ。

「いつどこで誰がお客様と接触をしているか。それを逐一明確にするのは、トラブルを起こさないための基本的なルールだ。何かあってからでは遅いから、守るべき規律なんだ。わかってるか、そのところを」

「そうですね。東宮副支配人の立場からすれば、規律が一番大事かもしれませんね。それを守らせてこその管理職ですし、責任者ですものね。けど、私は現場の人間です。常に直接お客様と関わって、ときには信頼し、信頼され、要望に応えることも仕事の一つであり、サービスだと思っています」

ただ、東宮の言わんとすることがわかっていても、明日香は、「はい。そうでした」とは言えなかった。

現場で働いていれば、臨機応変な対応を求められることなど、いくらでもある。

それに、仮に自分が男だったら、ここまで責められるだろうか？

そう考えると、どうしても素直に「すみませんでした」と頭が下げられなかった。

もう二度としません、ごめんなさいとも、素直な気持ちでは言えなかったのだ。

「仮にそれがサービスだとしても、相手は男だ。君は女だ。何かがあってからでは、信頼も何もないだろうと言っているのに、わからない女だな。君も」

東宮が、どこまでも明日香を〝女〟として捉《とら》えていたから。

それも〝性的な対象〟として捉え、決してホテルマンやサービスマンといった枠では見てくれなかったから。

「女、女って言わないでください。それってセクハラじゃないですか」

そうでなくとも以前から引っかかり続けていたことが、ここに来て爆発してしまった。

「なんだと」

「それともセクハラじゃないなら、個人的な心配ですか？　公私混同ですか？　だったら余計に失礼です。私にだって、お客様を見る目ぐらいはあります」

副支配人である東宮に対しても、また恋人である東宮に対しても、本当に自分は信用されているのだろうかと思い、感情の赴くままに本音をぶつけてしまった。

「そもそも那賀島さまは、こんなところでご自分の立場を悪くされるような方ではありません。一時《いっ》時《とき》の色気より、自分の世間体のほうが大事な方です。何より、和室にはまだ、部下やご自身が招かれたお客様を残しているんです。そんな状況で、自分だけ部屋にこもって、いやらしいまねなんかできるはずないじゃないですか。誰もがご自分と一緒だと思わないほうがいいと思いますけど」

ただ、それにしたって言っていいことと悪いことがあるというのは、過去の痛手から学んだはずなのだが——

「なっ……。誰が自分と一緒にしてるんだ。もう、いい。勝手にしろ」

明日香は東宮相手にも、同じ過《あやま》ちを犯してしまった。

「ええ、わかりました。勝手にします」

小野崎のときとは逆だが、今度は売り言葉に買い言葉で、自分のほうが買ってしまった。

「ふんっだ！」

明日香が〝またやってしまった〟と思ったときには、後の祭りだ。東宮は怒りにまかせて階段を駆け下り、姿を消してしまった。

「ふん……だ」

今度は小さな声で言い、明日香はそのまま一番近い出口から表に出ようとする。

「待って。待って、伊藤さん」

すると、どこで隠れて見ていたのか、野口があとを追ってきた。

「ごめんなさい。私……。こんなことになるなんて思わなくて。まさか、東宮副支配人と伊藤さんが喧嘩になるなんて」

明日香が怒りにまかせて振り向きざまに睨むと、とうの野口は身体を二つに折って、謝罪していた。

「でも、心配だったんです。見て見ぬふりができなかったんです。これは嘘じゃありません。那賀島社長は確かに実業家としては素晴らしい結果を出している人ですけど、女癖だけはいただけないって評判だったから。もし、さっきのミスのことで、伊藤さんがつけ込まれでもしたらと思って。それで、心配になって……」

悪意ではなく純粋に心配だった、明日香の身を案じてのことだったと伝えてくる野口に、明日香は驚くのと同じぐらい反省した。

「野口さん……」

「私なら、きっと逆らえないって考えちゃったから……」

やはり、これが一般的な意見なのかもしれない。

明日香は野口の率直な意見を聞いて、そういえばと思い出し、口を開いた。

「そっか。ごめん。いえ、ありがとう、心配してくれて。あなたに黙っててなんて言った私が無責任だったわ。ごめんなさい」

「伊藤さん……」

「ついでに言うなら、私の感覚がずれてたのね。東宮副支配人やあなたのほうが、一般的には正しい感覚ってことよね。そういえば、那賀島社長にも驚かれたもの。まさか来るとは思わなかったって、呼び出した本人でさえ不思議がってた」

那賀島にどんな意図があったのかは、この際おいておくとして、部屋へ呼びつけた本人さえも「来るとは思わなかった」という意思表示をしている。

これは那賀島自身が、明日香が部屋には来ないことを前提にして、声をかけた。ホテル側のスタッフであると同時に、年頃の異性であることを理解した上で、ダメ元で「来い」と言ってみたに過ぎなかったということだ。

「伊藤さん……」

「だめね、私。本当に…………、こんなんじゃ、だめよね」

もちろん、それにしたってさっきの東宮の怒り方は尋常ではないと思う。

多少は私情も入っていたはずだ。

相手が明日香でなければ、注意の仕方だって違っただろう。

しかし、それは彼が明日香に対して、好意を寄せている証《あかし》だ。だからこその過度な心配だ。

〝もう、いい。勝手にしろ!〟

それにもかかわらず、明日香は東宮が、あんな捨て台詞《せりふ》を残すほど、彼に反論した。いや、彼を侮辱したのだ。

「チーフとしても、女としても、失格だわ」

「そんなことないです!!　伊藤さんはチーフだし、誰にでも心配りができる素敵な女性です」

野口は懸命にフォローしてくれたが、そもそも東宮に対してちゃんと心配りができていたなら、こんなことにはなっていない。

こうなったのは、やはり東宮に対して明日香が甘えていたからだ。

東宮を副支配人としてではなく、なんでも話せる恋人として見ているから、自然に感情が高ぶった。小野崎のことがあって以来、我慢することを覚えたはずなのに、それができなかったのは、やはり相手が東宮だったからだろう。

「私、今日………はっきりわかりました。これまで、気が付いていなかっただけで、自分は守られてたんだって。東宮副支配人がみんなを守っている以上に、伊藤さんや瀬川部長が私を守ってくれてたから、ちゃんと仕事ができてきた。大きな粗相もなく、勤めてこれたんだって」

反省する明日香の目の前で、野口は野口で大反省していた。

「それだって、度を越せば、今日みたいなことが起こる。伊藤さんが那賀島社長を庇《かば》ってくれてなかったら、どんなことになっていたか、怖くて想像もできないです」

今も彼女の胸には、明日香に届けようとしていた救急箱が力一杯抱かれていた。こんなことになるなら、自分が力ずくでも明日香を止めるべきだったという後悔が伝わってくる。

「すみませんでした。大した責任も負えないのに、口ばっかり。生意気な態度ばっかり。本当に、これまでごめんなさい！　どうか、許してください」

「野口さん……」

改めて野口の口から発せられた「責任」という言葉に、明日香は自分も彼女と大差はないのだと思った。

どんなにお客様のためだ、お客様を信じていると言ったところで、何かが起こったときに、明日香に取れる責任などたかが知れている。所詮は一社員としての責任程度しか負えない。

実際は東宮や総支配人、場合によっては社長クラスの者がその責任を取ることになるのは、すでに実証済みだ。

これに関しては、那賀島に怪我をさせても、過《あやま》ちを犯させても、同じことだ。

だとしたら、粗相のきっかけや原因など、はじめからないに限る。

東宮が明日香に理解しろ、ルールは守れと言ったのは、明日香が日頃から野口たちに現場で言っていることと、変わらなかった。

「も、なしなし。やめましょう。ここで全部チャラ」

明日香は救急箱を抱えたまま俯《うつむ》く野口の肩に手をやると、その顔をどうにか上げさせた。

「きっと、こういうのを雨降って地固まるって言うのよ。私としては、東宮副支配人と一戦やったけど、野口さんとこうして和解できたほうが嬉しいし。だって、結局現場で助け合えるのは、野口さんのほうだしね」

こういう考え方をするから、東宮にも見放されてしまうのかもしれないが、それでも今の明日香にとっての心の拠《よ》り所は仕事しかない。

今日の痛みを無駄にすることなく、今後の仕事の糧《かて》にするしかないのだ。

「伊藤さん……」

「それに、今日のことはお互いに反省したんだから、気持ちを入れ替えて、仕事に戻りましょう。そしてこれを機に一致団結。お客様にとってのいいサービスを心がけて、和室をこのホテルで一番人気のある宴会場にしましょう。ね、野口さん」

「はい」

明日香は、どうにかこの場で野口に笑顔を戻させると、なんとか自分も笑ってみせる。

「そうよ。絶対にオールウエーターが最高のサービススタイルだなんて言わせないんだから！」

改めて今後の目標を掲げ、その後は和室に戻ると、その日の仕事をどうにか無事に終わらせた。

しかし、それも所詮は空元気。

明日香は自宅に戻ると、とにかく東宮に謝罪だけでもしておこうと、すぐさま携帯電話を握り締めた。

が、電源が入らない。

「しまった。そういえば、携帯電話も着物と一緒に豆乳漬けになったんだっけ」

無情な現実に一気に脱力すると、これも二人の運命なのかと弱気になったままベッドに突っ伏した。

「こんなことなら、ロッカーにしまっておけばよかった。なんで、今日に限って持ち歩いてたかな」

普段は職場に持ち込むことのない携帯電話。

今日に限って、着物の袂《たもと》に忍ばせていたのは、空き時間にいつでもメール確認ができるようにと思ったからだった。

東宮が例の下着会社に、企画部の担当者とともに出かけていたのだ。もしかしたら話の成り行きを知らせてくれるかもしれない。いち早く自分にだけは――そんな期待があって、ロッカーに残しておくことができなかったのだ。

「これじゃあ、誰から連絡が来てもわからない」

もちろん、だからといって、東宮への連絡手段がないわけではない。

電話ならば、固定電話からかければいいだけだし、メールならばパソコンから打てばいい。

それだけの話だ。

ただ、今日のようなことが立て続けにおこると、固定電話の子機でさえ、明日香には重く感じた。

「ま、勝手にしろって言われたし、さすがに今夜は連絡もないか。このままずっと……ないかもしれないけど」

明日香は深くため息をついた。

「でも、そりゃそうよね。勢い余ったとはいえ、あんな言い方されたら、誰だって怒るわよね。どこの世界に、心配してくれた恋人に向かって、それがセクハラだって怒る女がいるのよ。いないって」

ノートパソコンを開いて起動することさえ億劫《おっくう》に感じてしまい、なかなか手が出ない。

「あーあ。どうして社内恋愛なんかしちゃったんだろう。もう、スポットじゃないんだから、担当先を変えてくださいってわけにはいかないのに」

軽い火傷《やけど》とはいえ、右腕は痛いし、それ以上に胸も痛い。

つい昨日まで、他愛もない話に胸をときめかせ、至福と愛欲に心地よく浸っていたのが、嘘のようだ。

「――っ、貴道さん⁉」

そのとき、自宅の固定電話の呼び出し音が鳴り響き、明日香はベッドから飛び起きた。

自分からかけるには重い電話の子機も、かかってくるものを受ける分にはさほどでもない。

明日香はベッドサイドに置かれたそれに、飛びつくようにして手を出した。

「もしもし、貴――。香山社長！」

かけてきたのは香山だった。

このタイミングだっただけに、明日香は震え上がった。

どこからか、もう今日の粗相が知れ渡ったのか？

それとも東宮が、また事務所に相談の電話でもかけた？

「え？　ライブのチケット？　〝D〟の？」

しかし、明日香の恐怖にまみれた予想は、ことごとく外れた。

香山からの電話は、たんに事務所に預かりものがあるから届けたい、よければ今から渡しに向かっていいかという問い合わせだった。

「あ、はい。ありがとうございます。けど、それなら近くですし、私が取りに行きます。久しぶりに事務所の方たちの顔も見たいし。じゃあ、今から行きますので——」

香山配膳の事務所は、明日香のマンションから歩いていけるほど近かった。

明日香はこれ幸いと出かけることを決めた。

ほんの少しだけ古巣で英気をもらおうと、そのまま部屋を出ると、五分後には懐かしい香山配膳の事務所にいた。

「あ、明日香。俺たちこれから、いつもの店に飯食いに行くけど、お前も行くか？　どうせ明日は仏滅だし、休みだろう」

「はい。行きます！　お供します」

そして一時間後には、ものの見事に事務所に集《つど》っていた先輩後輩たち十数人と共に、地元の居酒屋にいた。

当然のように、始発まで騒ぎ続けて、サービスのなんたるかを熱く語り合った。

＊＊＊

明日香はとりあえず翌日に休みを入れてあったことから、安心して居酒屋で朝まで楽しんだ。

あんなことがあっただけに、正直助かったと感じていた。

久しぶりに香山の先輩後輩に混じっていろんな話ができたことは、気持ちをほぐす意味でも、自身の仕事を見つめ直す意味でも、明日香にとっては有意義なひとときだった。

しかも、一日休みがあることで、携帯電話を修理にも出せる。

小野崎から香山を経由して送られてきたプラチナチケットとバックパスのおかげで、今日明日限定で行われる〝D〟のミニライブにも足を運べる。

小野崎に対しては、このまま〝D〟のファンを続けていいのかさえ迷っていたが、あえて本人から二枚組のチケットが贈られたということは、これまでどおりライブに来てほしい、別に誰と一緒に来てもいいからさ――ということだろう。

なので、明日香は、せめて小野崎からの誠意に誠意で返そうと思った。

バックパスをもらっていることだし、差し入れぐらいは用意して。

〝D〟の友人として見られても、彼が恥ずかしくない程度のおしゃれもして。

そうして一日かけて気持ちを落ち着かせたら、夜にはきちんと東宮のところへ謝罪に行こうと思った。

今朝も飲み会帰りに、東宮のマンションを訪ねてみたが、生憎《あいにく》彼は帰宅していなかった。

よほど気分を害して、彼もどこかへ出かけたのかもしれない。

もしくは、同僚と反省会。

明日香にあるなら、東宮にだって、そういう時間はあるだろう。

そう判断し、明日香はとにかく今夜の仕事終わりに合わせて、職場に行き、東宮に会おうと考えていた。

それまでは時間をかけて、気持ちの整理をしておこうと。

だが、そんな明日香の休日が、ホテル内では思いがけない波紋を呼んでいた。

「聞いたか？　明日香さんがここを辞めるかもしれないって話。場合によっては、香山に戻るんじゃないって」

「聞いた。昨日、和室ですごい粗相があったんでしょう。それも、あの那賀島社長相手に」

「明日香さん、責任感強いから――」

「でも、粗相したの野口さんでしょう？　明日香さんじゃないのに、どうして」

「それがさあ。そのことが原因で、東宮副支配人とそうとう激しくぶつかったらしいんだよな。もう、仕事なのかプライベートなのか、よくわからないけど。とにかく、別れる別れないってところまで行ってるんじゃないかって話で。それがホテルから離れる一番の理由なんじゃないかな」

「あっちゃ……」

どこで誰が話を聞きつけ、そこまで飛躍させたのかは謎だった。

ただ、明日香が昨夜、仕事のあとに香山たちと合流していたことが一部のスポットたちの耳に入り、結果的に〝古巣へ戻るのではないか〟という憶測を生んだ。

これまた間が悪いと言えばそれだけだが、昨日の今日で明日香が職場に現れなかったことが、一番周囲の不安や妄想を誘うことになったのだ。

しかも、その話を聞きつけた野口が、凛子ともども大広間裏まで乗り込んできて、海斗たちスポットの前で、東宮を直接攻撃したからたまらない。

「東宮副支配人！　いくら勝手にしろって言ったからって、本当にそのまま放置するなんて信じられません。普通はフォローするのが恋人じゃないんですか？　仕事の手前、怒るしかなかったとしても、プライベートは別でしょう!?　てっきり、今日には仲直りしてると思ってたのに。あれから顔も見てないどころか、声も聞いてないって、信じられませんよ」

東宮は、ただでさえも頭の痛いところへ、なおさら痛くなるような金切り声とスポットたちの不信に満ちた眼差しをいっせいに浴びた。

何も、赤の他人が、プライベートなことに立ち入ってこなくてもいいだろうと言いたい。それに昨夜に関しては、東宮だってわざと明日香に連絡を入れなかったわけではない。

連絡だけなら、しつこいほどしたのだ。

ただ、明日香のほうが音信不通で、連絡がとれなかっただけだ。

「こんなんだから、伊藤さん本当に、勝手にするわよって思っちゃうんですよ。ここにいるより、香山に戻ろうって考えちゃうんですよ」

しかも、東宮はあれから大忙しだったのだ。

まずは、那賀島に無礼な態度を取ったことを謝罪に行った。

そして、ホテル内に流れていた噂をネタに、さんざんからかわれた。

そもそも明日香と面識があるぐらいだ。このホテルの一室をマンション代わりにしている那賀島が、東宮と面識がないわけがない。

それこそ「怖いもの知らずの部下を持つと大変だな」から始まり、「実際のところ、本当に付き合ってるのか？」と探られて。

「付き合ってるなら、大事にしてやれよ」「あいつ、本当に男って生き物を知らなそうだからな」「そうでないなら、俺がもらうぞ。身体張って守ってもらっただけでも、胸がきゅんきゅんしてるからな」と、余計なお節介から変な告白までされた。

そのくせ最後は、「まあ、俺には跳ねっ返り過ぎて、扱いきれないけどな」と、笑われた。

ようは、那賀島の暇潰しに付き合わされたのだ。

ついでに明日香を呼び出した理由も教えてくれたが、なんてことはない。

腕に火傷《やけど》をしてないかが気になった。

だが、呼んだところで、来るとは思っていなかった。

「これで来るようなら俺に気があるな」と部下たちと笑いながら話をしていたところへ、やってきたからその気になった。

それでも、実際口説く真似事はしたが、一刀両断にされた上に、東宮の乱入。

仕方ないから、その後は部下たちと、今後の東宮と明日香がどうなるか、トトカルチョで遊んでいたらしい。自分は、今日のことが原因で別れることはない、というほうに賭けているから、俺のためにも、ちゃんと仲良くしておけよ。裏切ったら、ホテルの株を全部売り払うぞと、とんでもない脅しまで受けて、那賀島のほうは収拾をつけたのだ。

東宮からすれば、本当に那賀島とその部下たちの遊び道具にされただけだ。

「どうなんですか、東宮副支配人！」

ただ、それらの報告もかねて、東宮は昨夜のうちに明日香と話がしたかった。

それなのに、電話もメールも不通だ。

自宅の電話にかけても出ない。

まさか何かあったのかと心配になって自宅を訪ねてみたが、朝まで待っても帰ってこない。

最悪、出社だけはするだろうと信じていたのに、来てみたら今日は休みだという。

まさに、仏滅だ。

そこへ持ってきて、昨夜の留守に香山が絡んでいたと知らされたのだから、東宮の疲労はＭＡＸだ。

まさか明日香に限ってとは思うが、いろいろタイミングがよすぎて、本当にそんな話になっているのかと、不安にもなってくる。

「言いたいことはわかったから。とにかく香山配膳に連絡して、事情を聞いてくる」

こうなると東宮はこの際連絡が取れるほうに、まずは昨夜の真相を聞こうと思った。

明日香がまだ香山たちと一緒にいるのか、そうでないのか、それも気にかかる。

「私も行きます」

「待って。それって、本当に明日香のことを理解しての行動？　信じてる行動？」

すると、今度はまるでモデルのようなルックスの女性に、行く手を阻《はば》まれた。

「――っ」

「白鳥先輩！」

相手はニューヨークで研修中のはずの白鳥蘭。

空港からここまで直《ちょく》で来たのか、手には大型のキャリーバッグを引いている。

当然のことながら制服は着用しておらず、洒落《しゃれ》た私服姿だ。

そんな彼女の突然の帰国に驚いたのは、東宮だけではない。彼女を知る者、全員だ。

「明日香はね、面倒になったら男は捨てるかもしれないけど、それでも仕事は捨てないわよ。何があっても責任とけじめを忘れるような女じゃないの、馬鹿にしないで」

言うことに容赦がないのは、さすが明日香の親友だった。

東宮は徹夜明けの身体にむち打ち、その上精神的にまで撃沈されそうになる。

「仮に、明日香が本当に香山に出向いたとしたって、それが何？　辛いときに仲間や友人を頼ったとして、だから仕事を辞めるって、どんな極論？」

それでもここに来て、大まかな経緯を誰かに聞いたのだろう。蘭は東宮ではなく、野口やスポットたちを叱咤《しった》し始めた。

「そもそも、そんな理由で辞めた人間に、香山が出戻りを許してくれると思うの？　いい加減に、どうして香山がこの業界のトップに君臨しているのか、きちんと理解したら？　香山はね、技だけじゃなく人間性でふるいにかけられるから、最高のサービスマンしか登録されないの。だから彼らは、どんな一流ホテルに勤めるよりも、香山の人間でいることに誇りを持つのよ」

何かあるごとに、一致団結で盛り上がるのは構わないが、噂やデマに振り回されるのまで一緒では困りものだ。蘭はそう言いたげな顔をする。

「でも、そんな香山を離れて、わざわざここへ来たのは、明日香がこのエストパレ・東京ベイに骨を埋める覚悟をしたからよ。このホテルで、あなたたちと一緒に、最高のもてなしができる宴会課を作りたいって思ったからよ」

蘭は、これだけは覚えておきなさいと言わんばかりに、スポットたちに言い放つ。

「それを、こんなどうでもいい理由で、投げ出すはずないでしょう？　もう一度言うけど、明日香は男よりまず仕事、まず仲間や友人を大事にする女なの。だから、みんな安心して懐《なつ》くんでしょう？　たとえ口には出さなくても、それを明日香から本能的に感じるから、一緒に仕事がしたいって思うんでしょう？」

東宮には耳の痛い話だが、動揺していたスポットたちには効果てきめんだ。

「だったらもっと信頼しなさいよ。ここで変な心配するぐらいなら、休み明けに出社してきた明日香に自慢できるような仕事をしたら？　そうでないと、結局本当の意味で明日香を泣かせるの、あんたたちよ。わかってるの？」

誰もが納得し、「それもそうだな」と頷き合う。

「返事は!?」

「はい!!」

わかったところで、一喝されて、いっせいに声が上がった。

「なら、解散!!　持ち場に戻りなさい」

その後は蜘蛛《くも》の子を散らすように、持ち場へ戻っていく。

見事と言えば見事なスポットの扱いだが、これで彼女は客室係だ。

決して宴会課の人間ではない。

「ほんっと。相変わらず明日香の取り巻きはピーチクパーチク、幼稚園児みたいね。だいたい、いつから野口まで加わったのよ。あれって、明日香がとうとう手懐けたってこと？」

「おそらくね。それより白鳥さん、研修は？」

一段落したところで、東宮が声をかけた。

「ちょっと遅くなったけど、大事な親友がとうとうロストバージンしたっていうから、お祝いするために有休と貯金の全部を突っ込んで帰ってきたんです。けど、これですものね。ちょっとがっかりしました」

「……っ」

今は社員ではなく、明日香の親友。ただの白鳥蘭に徹しているのか、歯に衣着せぬ言いっぷりは、東宮を相手にしても変わらない。

「でも、さっき言ったこと、洒落《しゃれ》や冗談じゃないですよ。本気でこれからも付き合うつもりなら、努力してくださいね」

蘭は、久しぶりに会ったら、親友の彼氏になっていた上司に、これだけはと伝える。

「明日香は、仕事に支障をきたすもの、粗相の元になりそうなものからは自然に離れていく子です。ちゃきちゃき仕事はしてても、自分が完璧じゃないってわかってるから、本能的にそういう選択をするんです。だから、東宮副支配人のことも、粗相を招く元になるなと思ったら諦めるし、多少時間がかかっても踏ん切ります。そこ、ぜひ胸に留めて、対応を考えてくださいね。勝手にしろとか言ったら、本当に勝手にしますよ、あの子」

「忠告ありがとう。けど、これに関しては、周りが勝手に話を大きくしただけだから」

東宮も、明日香の親友の顔を立てて、話だけは聞く。

「俺は、明日香がここを辞めるとか、俺と別れるとか、口にしたこともなければ、考えたこともない。ただ、昨夜から音信不通になっているから、心配なだけだ。だから知り合いに当たってみようかなと思ったら、それが香山さんだったっていうだけだ。何が信用してないだ。冗談じゃない」

ただし、途中で口調が雑になったあたりで、東宮も無理して上司でいることはやめたらしい。

蘭が親友の彼氏に対する態度に徹するのなら、東宮だって遠慮はしない。

「――あ、そうですか」

「とにかく、わざわざ来てくれた君には悪いが、俺と明日香のことに関しては、傍観してくれ。今、他人が入ると余計にややこしくなるんでね」

ついでに、首を突っ込むのはここまでにしてくれと言い切る。それでも心配しているのは自分と一緒だろう蘭の前で、東宮は香山に連絡を入れた。

そして本日の明日香のスケジュールが、おそらくこうだろうと知らされると――

「……ふっ」

「あの子ってば!!」

東宮は鼻で笑い、蘭は真っ赤になって激怒した。

さすがに今の状況から、二人とも想像することができなかったのだ。

〝D〟のミニライブという、娯楽要素だけは！


一方、まったく本人のあずかり知らぬところで東宮と蘭を激怒させた明日香は、ミニのフレアワンピースに春物のカーディガンという装いで、午後から始まる〝D〟のミニライブ会場を訪れていた。

これが終わったら、東宮に会いに行く。

その予定なので、メイクも念入りといえば念入りだ。

そうでもしなければ、徹夜明けの顔に覇気が出せないというのもあるが、なんにしたって気合いが入っている。

手には差し入れのケーキの箱まで持ち、準備万端だ。

「やっと見つけた」

しかし、会場前に派手な車を横付けし、その扉に寄りかかって待ち構えていた東宮からすれば、気合いの入った明日香の姿に、とうとう堪忍袋の緒が切れた。

そうでなくとも、寝不足と疲労と心労で、いつ理性が飛んでも不思議じゃない状態だ。他の男に会いに行くのに、なんで勝負をかけているんだ⁉　ということらしい。

「貴道さん。どうしてここに？」

「それはこっちの台詞《せりふ》だ。昨夜から電話には出ない、携帯は切りっ放し。家にも戻らず、夜通し飲んだ挙げ句に、ライブってどういうことだ」

そんな東宮に、明日香は更にポカンとして、双眸《そうぼう》を見開いた。

「どういうって……。でも、私……今日は休みだし。それに、勝手にしろって言ったの貴道さんじゃない」

「だからって、勝手にもほどがあるだろう！　どれだけ心配したと思ってるんだ」

いきなり抱き締められるだけでも驚きだが、怒鳴られた上にキスをされて、困惑する。

「んっ――っっ。ちょっと、待って。これって、私たちまだ付き合ってるってこと？」

日中、人目のある中、いったい何事!?　という状態に、明日香も必死で東宮を窘《たしな》める。

「私、まだ……、貴道さんの恋人？」

こんな確認をしたら、もっと怒らせるかもしれないが、それでも聞かずにいられない。

明日香は足元に落としてしまったケーキの箱も無視して、東宮に今の自分たちの関係がなんなのかを確かめた。

「何言ってるんだ。当たり前だろう」

すると、やはり東宮は怒って、そして呆れた。

「だって。勝手にしろって言うから……。もう……、捨てられたかと思って」

「何が、捨てられただ。それはこっちの台詞《せりふ》だ。来い！　なんか、本気で腹が立ってきた」

そう言って助手席の扉を開くと、明日香を力ずくで中へ押し込んでいく。

「え!?　ちょっ、だって私、これからライブが」

「何がライブだ、ふざけるな。だいたい、誰に会うのにそんなめかし込んだ格好してるんだよ。いい加減に俺の女だってことを自覚しろ」

「きゃっ」

ドアをバタンと閉じると、自らも運転席へ回り込んで、その場から車を移動する。

周囲の者たちが騒ぎ出した頃には、イタリアンレッドのジャガーは跡形もなく、その場にはケーキの箱だけが、無残にも放置されていた。

「貴道さん」

「いっそ、このまま自宅に一生監禁してやろうか」

だからといって、そのままどこか遠くまで走り去ったのかといえば、そうではなかった。

東宮は、会場周辺を軽く流すと、近くにあった公園脇で車を停めた。

人通りも少なく、多少ならば路上駐車していても大丈夫そうな桜の木の下に車を停めると、助手席へ身を乗り出して、明日香を引き寄せ、抱き締めた。

「んんっ、ちょっと、な……んんっ。貴道さ……っ、何、急に……」

いきなりキスされただけではなく、フレアスカートから覗く太腿を掴まれて、明日香は慌てて身を引いた。

「急じゃない。昨夜から我慢してた」

「どうして、そうなるのよ」

どんなに逃げたところで、車内だけに、行き詰まるのは早かった。

「連絡がつかないから、君の部屋の前で一晩中待っていたんだよ。こう言えば、俺が限界なのはわかるだろう」

「一晩中？」

「ああ。まさか俺とあんなことがあったあとで、君が香山の人たちと一晩中どんちゃん騒ぎしてるとは思ってなかったからな」

「っっっ」

しかも、どうしてこんなに東宮が怒っているのか、その理由が明らかになると、明日香も逃げるどころではなくなってしまう。

どうりで明日香が東宮のマンションを訪ねても、留守なわけだった。

完全に行き違いだ。

「けど、よく考えたら、君ってそういう人だったよ。那賀島社長のことに関しても、昨夜のことに関しても、結局は俺の独り相撲《ひとずもう》だ。空回りだ。まあ、付き合うっていっても、はじめから俺だけが盛り上がってたのかもしれない……っ！」

だが、そうとわかれば、明日香だって、ちゃんと東宮に伝えたい思いがあった。

明日香は衝動的に自分から口づけて、完全にふて腐れている東宮の文句をまず止めた。

「そんなこと言うなら、一生自宅に監禁でもなんでもして。私のこと、そうやって疑うぐらいなら、このままどこにでも閉じ込めて」

その上で、自らも腕を回して、抱き締める。

「私、貴道さんが好きよ。貴道さんだけが好き……、大好きなのよ。そりゃ、昨日は売り言葉に買い言葉であんなこと言っちゃったし、携帯が壊れちゃったから、連絡もし損ねちゃったけど。でも、私だって朝イチに、貴道さんのマンションまで行ったわ。なのに、留守だったから……。きっと怒って、帰ってきてないんだって。まさか、私のところにいたなんて思わなかったから、すごく落ち込んで」

驚く東宮に対して、明日香はこの場で必要だと思う言葉をはっきりと口にした。

「だから、今日はあなたの仕事終わりを待って、声をかけようって思った。このあとホテルまで出向いて、ちゃんと謝ろうって思ってたから、服やメイクにも気合い入れてたのよ」

誤解をこの場で解きたくて、すべて話した。

「許してくれないかもって思ってたけど……。それでも、誠心誠意謝ろうって……」

「明日香」

そうして、ようやく東宮が落ち着くと、その身体を抱き締め直して、本心を明かす。

「私だって、昨夜はあなたが恋しかったわ。今度こそ嫌われたかもって思ったら、余計にあなたのことばかり考えちゃって。愛されたことも思い出して……。そしたら、急に抱き締めてほしくなって。けど、貴道さんはいなくて……」

自身に起こる欲情を言葉にする恥ずかしさよりも、思いが伝わらないことのほうが、明日香には怖かった。

「本当かな」

「本当よ」

「なら、どれほど俺が恋しかったのか、明日香からも見せろよ。少しぐらいは俺にも安心をくれ」

もしかしたらこれまでだって、東宮は今日と似たようなことを感じていたのかもしれない。

「いつも求めるのは、俺ばかりだ。明日香がそれをどう思って受け止めているのか、ちゃんと俺にもわかるように見せろって」

ただ、言わなかっただけで、あえて言葉にしなかっただけで、明日香をいっそう強く抱き、愛欲の中に落としていくことで、自分なりに安心を探していたのかもしれない。

「いいわよ。見せてあげる」

東宮の気持ちは薄々感じていた。

だから、自分も、少しずつ——そう思って、東宮にどうしたら悦《よろこ》んでもらえるのか、それなりに考えてきた。

「私だって貴道さんが好きだってこと。ちゃんと求めてるってこと……。見せられるわ」

結論だけを言うなら、愛された分だけ、愛し返す。

これまで明日香がしてもらったことを、そっくり東宮にして返す。

経験も何も東宮には及ばないのはわかっているが、明日香は東宮ならちゃんと理解してくれるはずだと思った。

明日香から東宮にキスをすること。

彼の身体に触れていくこと。

これらはすべて、愛がなくてはできないことだ。

明日香が世界でたった一人、東宮に対してのみする行為だということを。

「でも、あとから、やらしい女だったとかって、なじらないでよ」

明日香は、自分の身体に覆い被さっていた東宮を運転席へ押し戻すと、思い切って彼の股間に手を伸ばし、その膨らみに触れていった。

「誰が、なじるもんか……」

明日香の手が触れた東宮自身は、すぐにこわばり始めて、明日香を少し驚かせた。

しかし、触れれば触れるほど、形を成して応えてくれる東宮自身に、明日香はいつしか嬉しくなって、彼のズボンの前を寛げた。

「……っ」

そうして、もしかしたら、こんなにはっきりと見るのは初めてかもしれない、東宮の男性自身を手にし、少し強く擦り上げると、思い切って口に含んだ。

「んっっ」

その瞬間、東宮の口元から、微かに甘い溜息が漏れた。

明日香は、これで間違っていないと実感し、そのまま口の中で容積を増していく東宮自身を愛撫し続け、そして行き詰まった。

「んっ……っんくっ」

このまま、慣れない明日香の愛撫で、東宮が最後まで達するようには思えなかった。

どうしたらいい？　と聞くべきなのか、ほんの少しだけ迷った。

すると。

「え、ぁん！」

東宮は突然明日香のお尻に手を伸ばし、フレアスカートの中に忍ばせた。

ストッキングの上から、下着をなぞるようにして撫でる彼の手がいつになくいやらしい。

「貴道さんっ」

お尻の割れ目をたどりながら前を刺激し、明日香の蜜を誘う。

「やわらかい。こうしてみると、明日香のここって、胸と同じぐらいやわらかいかも」

彼の指先が、下着の上から陰部を、そして突起を突《つつ》くたびに、明日香は腰をくねらせ、喘《あえ》ぎそうになった。

「もう、だめだって」

堪《こら》えきれずに、とうとう顔を上げる。

このままでは、自分のほうが先にイってしまう。

東宮を満足させる前に、身体中が火照《ほて》って倒れそうだ。

「手が止まったよ」

「だったら、弄《いじ》らないでよ……、気が散るじゃない」

「やだね」

まるで子供のように笑って見せる東宮に、明日香は「意地悪」と唇を尖らせる。

「それより早く。もう……、こっちは限界だってよ」

「わかってるわよ」

そう言って頬を膨らませると、明日香は再び東宮の股間に顔を埋めて、どうにか一度でもイかせようと試みた。

すでに東宮自身は、いつ弾けても不思議がないくらい張り詰めている。

だが、彼に弄《いじ》られ続けた明日香のほうも、すでに熟《う》れて熱くなってきた。

「貴道さん……」

下着を通り越して、彼の指まで濡らしている。

それがわかるだけに、明日香もどうしていいかわからず、切なげに名を呼んだ。

「早く来いよ。迷ってないで。別に、一緒にいけばいいだけだろう」

すると、東宮は明日香の下着に手をかけ、この場で脱いでしまえばいいと伝えてきた。

「……っん」

ここで？　と思ったところで、今更だ。

明日香は、どうか誰も近くを通りませんようにと祈った。木陰を作る桜の木に、少しだけ二人の姿を隠してほしいと願いを伝える。

そして、履いていたヒールを助手席に落とし、東宮に手伝われながら下着をストッキングごと脱ぎ落としてしまうと、その後は東宮に導かれるようにして、運転席へ移動した。

シートを後ろへ倒し、横になった東宮の下肢にまたがり、誘導されるままいきり立つ男性自身に、腰を落とそうとする。

「このまま？」

が、ふと、いつも使っている避妊具がないことに気付くと、明日香は東宮に待ったをかけた。

これぱかりは、衝動のままというわけにはいかない。

お互いを守るための暗黙のルールだ。

「運がよければ、可愛い子供ができるだけだ。明日香と俺の……可愛い子が。だろう?」

「……っ」

しかし、東宮はそう言って笑うと、あとは明日香の判断に任せてきた。

一瞬明日香も戸惑う。

(貴道さん……)

だが、これまでたくさんの彼の言葉を聞いてきたけれど、こんなに明日香の気持ちが熱くなったのは、初めてだった。

身体よりも心が弾けて、どうにかなりそうだ。

「そうね。そうよね」

こんなにいやらしいことをしているのに、目頭が熱くなる。

それが一番恥ずかしい。

それでも、このままでは終われない。

やっぱり明日香も、心から東宮をほしいと思う。

「なら、このまま……」

明日香がそう言ってお願いすると、東宮は、嬉しそうに明日香の腰を引き寄せた。

初めての夜のときのように、何も着けることなく、明日香の中へ入ってきた。

『お腹まで、くる……』

車はジャガーとはいえ、スーパーカータイプ。

限られた空間の中で、初めての姿勢。身体の下から突き上げてくる東宮の熱さ、激しさに馴染むまでは少し苦しかった。

「平気？」

言葉では気遣いながらも、抑えきれない欲望が、自然と東宮を突き動かす。

その度に腹部が圧迫されて、腰が引けてしまいそうになった。

「ん……っ。平気。だから、もっと……。もっと、貴道さんの……いいようにして」

それでもいつになく貪欲に彼を求めてしまうのは、明日香も彼がほしいから。

自分の思いを信じてほしいという以上に、心も身体も彼自身から送り込まれる快感がほしいし、また与えたいからだ。

「本当？」

東宮からの問いかけにはっきりと頷く。

すると東宮は、明日香の腰に添えていた両手を臀部《でんぶ》に滑らせ、力強く掴み直してくる。

「――――あっ」

いっそう激しく揺さぶられて、明日香の四肢にも力が入った。

無我夢中で彼の身体にしがみつき、いつしか快感を追う以外、何も考えられなくなっていく。

「明日香」

シートから伝わる振動で、車体が揺れるたびに、東宮から漏れる吐息も切ないものになっていった。

「貴道さ……ん」

明日香がひときわ強く弾みを付けて彼自身を奥まで誘うと同時に、東宮も臀部を掴んだ両手に力を入れてくる。

これ以上ないほど引き寄せ、身体を密着させると、はじめて明日香の中に白濁をまいた。

「――っんん」

直に注ぎ込まれた瞬間、明日香はこれまでとはまた違う快感から、意識が揺らいだ。

東宮が達した悦びを受けて、明日香自身も愉悦に震えて悦びを示す。

「っ……っ、明日香」

それでも、まだ満たされないのか、東宮自身は形を変えていなかった。

貪欲なまでに明日香をほしがり、今以上の快感をねだってくる。

「もっと……、きて。平気だから。ほしいから……」

だが、それは明日香も同じだった。

このまま離れたくないし、今一度同じ快感を味わいたい。

できることなら、もっと強く激しい快感を――

そんな欲情ばかりが湧いてきて、明日香は呼吸を整えると、キスをした。

「貴道さん……」

その後も無我夢中で東宮の身体にしがみつき、これまでにないほど彼自身を身体の中で、奥で味わった。

「好き……っ、好きよ、貴道さん」

そうして再び、絶頂へと導かれる。

「ぁぁ――――っん」

それは、桜の季節ももう終わる。

そんなことをふと思わせる、春の日の午後のことだった。

＊＊＊

感情的になりすぎて、またいつになく熱くなった行為に夢中になりすぎて、自分がなぜ明日香を迎えに来たのか、その理由を東宮が思い出したのは、すべてが終わったあとだった。

「は？　私が辞める？　香山配膳に戻るって、どうしたらそんなことになるの？」

そう。東宮が明日香を探しに来たのは、自分が心配だったこともあるが、明日香のことを気にかけていた野口や凛子、海斗といったスポットたちのためだった。

「過去に一度、マンデリン東京から逃亡してるからじゃない？」

「うっ……っ。それを言われたら、言い返せないわ。確かにそうよね」

だからといって、そこから、そのまま職場に直行できるわけもなく、明日香は一度自宅に連れていってもらった。

今頃になって湧き起こる羞恥心《しゅうちしん》に苛《さいな》まれながらもシャワーを浴びて、しっかり着替えてから、ホテルへ顔を出しに行くことになった。

「嘘だよ。みんな、なんだかんだ言って、明日香がそんなに図太い女じゃないってわかってるんだよ。どんなにお客様や部下を庇《かば》うためとはいえ、副支配人相手にドカンとやった。それも彼氏になりたての相手に。さすがにしまった、どうしようって悩んでるだろうなって思うから、現場に現れないってだけで、余計なことまで考えるんだ」

そうして、準備が整うと、明日香は改めて東宮の愛車でホテルへ向かった。

「結果として〝一番、なってほしくないこと〟を想像して心配するんだよ。人間ってほら、最悪の事態を想定して備えるところがあるから、これもひとつの危機管理能力だと思うよ」

東宮は、今日の騒ぎを〝明日香の人気ゆえ〟と笑ってくれたが、明日香はそうは思えなかった。

こうして改めて騒がれ、その理由がまたもや香山出身であることとなると、さすがに自分に問題があるのではないかと思えてくる。

他の誰かではなく、明日香自身が、これまでの自分を冷静に見たときに、改めて起こってくる反省があったのだ。

「そうかしら？　それって単に、みんなに私の心の弱さが伝わってるだけじゃないのかしら？」

「弱さ？」

「だってね、私……都合が悪くなると、考えてたもの。ああ、面倒くさい。こんなことなら香山にいればよかった。どうして社員になっちゃったんだろうって」

とはいえ、明日香が自分からこれを口にしたのは、東宮が初めてだった。

「――」

さすがに東宮も一瞬黙った。

ハンドルを握る手に力がこもっている。想像以上に大きかった衝撃を、自分なりに緩和しているようだった。

「もちろん、だから辞めたいとか、香山に戻ろうなんて考えたことはないわ。ただの愚痴の形というか、たとえ話というか。あんまり面倒くさくなってくると、同じ価値観の人と働いてるときは楽だったなって、つい……考えてた。それも自然に」

ただ、明日香が明かした「社員にならなければよかった」が、たんなる愚痴の形のひとつだと知ると、東宮はかなりホッとしたようだった。

まあ、言われてみれば、そうだろう。

どんなに明日香が仕事熱心で、真摯に仕事に向き合っていても、これぐらいの愚痴は出て当然だ。

むしろ、出なければおかしい。それほどホテル側が明日香に期待し、実際、無理な仕事をこなしてきてもらっていたのだ。

そのとどめが、和室への異動、野口たちとの攻防だ。

実際、「もう、いやよ」と口に出して言わなかっただけ、明日香は辛抱強いし、男前だ。

その結果、東宮が責められ、攻撃されるようになるほど、野口は明日香を信頼するようになった。

「でも、それがいけないのかな……って。私にもし、派遣の経験がなくて、はじめから社員として勤めていたら、もっと別の形で愚痴も出てくると思うし。それこそ野口さんみたいに、だから香山がなんなのよ、香山ってそんなにえらいわけって、そういう方向の愚痴だと思うから」

ただ、それでも明日香は、これまでの自分をよしとはしなかった。

今後は、人間なら当たり前の愚痴の内容にさえ気を付け、一歩成長していきたいのだと、東宮に伝えた。

「だから、これは私自身がどうにかしなきゃ。考え方を改めなきゃ、次に同じことが起きてしまうんじゃないかと思って」

東宮からすれば、驚くより感心してしまうほど、明日香はたくましいし、前向きだった。

だからこそ、蘭に言われたことを思い出して、胸が痛む。

「でもね、私……、今回のことがあったおかげで、野口さんと仲良くなれたのよ。彼女、あれから私に謝ってくれて、私や貴道さんがどれほど真剣に仕事に向き合っているかとか、サービスのあり方を追求しているかって、すごくわかってくれて。これからは一緒に和室を盛り上げようねって、一番人気のある宴会場にしようねって、目標もできて。だから、結果的にはいい方向に向いたとは思っていた。たとえ貴道さんには嫌われても」

それを本人から言われた日には、笑うに笑えない。

「――」

東宮は思わず息を呑んで、隣に座る明日香を見た。

「でも、それってやっぱり空元気。自分をごまかすための嘘。嫌われてなくて、よかった。本当に捨てられてたら私……。私――」

思い出して涙ぐむ明日香の姿を確認すると、堪《こら》えきれずに、車を路肩に寄せた。

一時停車すると、明日香の肩を抱き寄せる。

「貴道さん……。貴道――」

明日香は「ごめんなさい」と言って、彼の胸に顔をうずめた。

「好き……。貴道さん」

どうやらこの短い時間で、明日香は仕事だけではなく、恋心のほうも大きく成長したようだった。

とはいえ、あまりに東宮が寄り道を繰り返したものだから、明日香を連れてホテルに戻った時には、更に思いがけない事態になっていた。

「あ、東宮くん。いましたよ、社長。東宮が戻ってきました」

東宮と明日香の姿を見て声を上げたのは総支配人だった。

明日香は、何事かと思い、咄嗟《とっさ》に東宮の後ろに隠れてしまう。

「貴道！　宴会課の伊藤くんが辞表を出したって本当か？　それもお前との喧嘩が元でって、どういうことなんだ」

すると、呼ばれて駆けつけた社長が、突然東宮を名前で呼び出した。

「だから、迂闊《うかつ》に交際なんか始めて、大丈夫なのかと聞いただろう。お前は裏表が激しいんだから、それがばれたら、すぐに嫌われるぞって。それみたことか」

どうして社長が東宮と明日香の交際のことまで気にかけているのかは、わからない。ただ、明日香が東宮の後ろにすっぽり隠れて見えなかったのだろう。目の前にいる社長は、完全にプライベートモードだ。

「ちょっと待ってくださいよ。どうしたらそんなデタラメな話が、社長や総支配人のところにまで行くんですか」

「当たり前だろう。伊藤くんは我が社の社員であると同時に、香山配膳との架け橋だ。彼女が変な理由で我が社を見限ったとなったら、今後の派遣にも影響する。しかも、彼女は昨日、大きな事故から那賀島社長を救ってくれたばかりじゃないか。これに関しては、那賀島社長からも、直々に大変感謝をしていると言っていただいたばかりなのに――。昨日の今日で辞職だなんてことになったら、我々が事故の責任を取らせたみたいになるじゃないか」

「そんな、力一杯保身に走るのやめてくださいよ。みっともない」

そして、そんな社長に感化されたのか、東宮のほうも、どんどん口調が崩れていく。

明日香は、さすがにそれはまずいだろうと、東宮を止めようとした。

「これは個人的な保身じゃない。このホテル・エストパレ・東京ベイにとっての――、あれ。伊藤くん？」

「あ、はい。すみませんでした。昨日といい、今日といい、大変お騒がせいたしまして。まさか、休みを取っただけで、辞職と勘違いされるなんて、思ってもみなくって」

うっかり社長の目に留まり、弁解と説明を強いられる。

「休み!? では、辞職の話は……」

「それはみんなの勘違いです。私、辞表なんて、書いたことありませんし、考えたこともありません」

「なら、貴道との喧嘩は?」

「それは、しました。少しだけ——。それより、あの……社長。東宮副支配人は、ご親戚か何かなんでしょうか? やけに親しい間柄のように見受けられるんですが……」

ただ、あまりに気になったので、明日香は恐る恐る踏み込んだ。

すると、社長が思わず「あっ」と口元に手をやる。

「そりゃあ、ここに来て名前呼びなんかしたら、疑われて当然だろう。せっかく俺が素性を隠して、自力で社員たちからの信用を得ようと頑張ってたのに、台無しじゃないか」

「すまない、つい」

東宮に責められ、社長が申し訳ないと頭を下げる。

「素性って?」

こうなると直接聞いたほうが早い。明日香は質問の矛先を東宮に向ける。

「ああ。一応この人が父親ってこと。東宮は母方の姓なんだ」

「へ!?」

「で、この際だから、親父にも報告しとくよ。彼女、近々俺と結婚するから、一生このホテルから離れることはないと思うよ」

返ってきたのは、再び明日香をパニックに陥《おとしい》れそうな事実と、明日香の意思を無視した勝手な報告だった。

「何⁉　それは本当か」

「たっ、貴道さん！　それはなんの冗談⁉」

いったい誰が誰と親子で、誰と誰が結婚するというのだろうか？

明日香は、こればかりはと思い、最高幹部三人を前に悲鳴を上げた。

「本当も本当。冗談なわけないだろう。そうでなかったら、生《ナマ》でなんかやらせないよ。本当は、もう少し恋人の関係を堪能したかったんだけど、どうも君は自由にしておくと、何をするかわからないからね。自宅に監禁していいって言われたし、だったらマリッジリングが一番効力あるだろう」

確かにあれがプロポーズだったと言われても否定できない状態で東宮を生々しく受け入れた明日香は、口をぱくぱくとする以外、何もできない。

「ただし、監禁場所は君が好きなだけ働いていい、自宅兼用の職場だけど」

「なっ、なんてことっ。そんなの、聞いてないわよ。私を騙したの？　だいたい、社長が父親って、嘘でしょう」

かろうじて、明確な返事を避けて責めてみるが、東宮は、副支配人と付き合うのも、未来の社長と付き合うのも、大差はないだろうと居直っている。

雇われている側か、雇っている側か、そこに大きな違いがあるなど考えもしていない。

「こんな嘘ついても、なんの得にもならないって。それに、俺と一緒にこのホテルを盛り上げてくれるって約束しただろう」

「盛り上げる意味が違うし。そもそも、そんな——。私なんかを、社長が認めるはずがないでしょう」

それならこちらも最後の手段。明日香は、身分違いを社長本人に訴える。

「聞いたか、総支配人。伊藤くんが貴道と結婚してくれるそうだぞ。しかも、一生このホテルにいてくれるらしいぞ」

「はい。聞きましたとも、社長。実に喜ばしいことです。今後も宴会課の発展は間違いなし。他部署も頑張らせなくてはいけませんね。ですが、その前にご結婚の準備を始めなければいけません」

しかし、どんなに地位も名誉も財もある社長とはいえ、所詮は東宮の父親だ。

気にしないレベルは、東宮を遥かに超えていた。

「え!?」

明日香は、勝手に盛り上がって話を進めている社長と総支配人を、ただただ呆然と見つめる。

「そうだな。早いところ伊藤くんのご両親にもご挨拶をして、結納を済ませてしまわなければ。何せ、貴道のことだ。いつ、また喧嘩になって、問題が起こるかわからない。捨てられてからじゃ遅いからな」

「そうですね。奥様に逃げられた社長の例もありますし。同じ轍《てつ》を踏まないとも限りませんからね」

「一言余計だ。とにかく、急ごう」

「はい」

どさくさに紛れて、何をどう急ぐというのだ!?

「っ、えっ。社長？　総支配人っ!?　ええええ!?」

自分のことなのに蚊帳《かや》の外に置かれて、明日香は右往左往するばかりだ。

「じゃ、みんなのところにも、報告に行こうか」

しかも、まんまとしてやったりという顔の東宮にポンと肩を叩かれる。

「なんの？　いったいなんの報告？」

「あ、そうだ。白鳥に一番に報告しないと、あとで騒ぐな。今、帰国して、挨拶回りをしてるから、そこから行くか」

「え？　蘭が帰国？　どうして？　なんで？」

明日香は、寝耳に水の親友の存在に、さらに混乱する。

「もう、何が何だかわからないって！」

結局、今の段階でわかったのは、明日香がつい最近作ったばかりの恋人は、実は肩書き以上にビッグで問題ありすぎな男だった。

何をとってもグレイトで、パワフルで、ラグジュアリーな恋人だった。

ただ、それだけだったが。

日向唯稀（ひゅうがゆき）
２月１１日生まれ。水瓶座。AB 型。
著書は「Memory- 白衣の激情 -」(Dr. シリーズ / 笠倉出版社)
を始めとする職業ものから学園ものまで 110 冊以上。ボー
イズラブからヒストリカルロマンスまで多種多様に活動中。

イラスト：桜遼

ラグジュアリーな恋人

日向唯稀（ひゅうがゆき）

2012年 4 月 30日初版発行

編集－塙綾子
発行者－梶本雄介
発行所－株式会社アルファポリス
〒150-0013東京都渋谷区恵比寿4-6-1 恵比寿MFビル7F
TEL 03-6277-1601（営業） 03-6277-1602（編集）
URL http://www.alphapolis.co.jp/
発売元－株式会社星雲社
〒112-0012東京都文京区大塚3-21-10
TEL 03-3947-1021
装丁イラスト－桜遼
装丁デザイン－ansyyqdesign
印刷－凸版印刷株式会社

価格はカバーに表示されてあります。
落丁乱丁の場合はアルファポリスまでご連絡ください。
送料は小社負担でお取り替えします。

ISBN978-4-434-16369-2 C0093